U0520136

中国微型小说精选

中国微型小说学会 编

如有来生

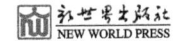

新世界出版社
NEW WORLD PRESS

图书在版编目（CIP）数据

如有来生 / 中国微型小说学会编. -- 北京：新世界出版社，2023.12
（中国微型小说精选）
ISBN 978-7-5104-7795-9

Ⅰ.①如… Ⅱ.①中… Ⅲ.①小小说- 小说集- 中国- 当代 Ⅳ.①I247.8

中国国家版本馆CIP数据核字(2023)第233274号

如有来生
中国微型小说精选

策　　划：	葛文聪
编　　者：	中国微型小说学会
责任编辑：	葛文聪
责任校对：	宣　慧
责任印制：	王宝根
封面设计：	贺玉婷
版式设计：	北京书香传承文化发展有限公司　魏芳芳
出　　版：	新世界出版社
网　　址：	http://www.nwp.com.cn
社　　址：	北京西城区百万庄大街24号（100037）
发 行 部：	(010) 6899 5968（电话）　(010) 6899 0635（电话）
总 编 室：	(010) 6899 5424（电话）　(010) 6832 6679（传真）
版 权 部：	+8610 6899 6306（电话）　nwpcd@sina.com（电邮）
印　　刷：	北京虎彩文化传播有限公司
经　　销：	新华书店
开　　本：	880mm×1230mm 1/32　尺　寸：130mm×200mm
字　　数：	200千字　　　　　　　　　印　张：8.875
版　　次：	2023年12月第1版　2023年12月北京第1次印刷
书　　号：	ISBN 978-7-5104-7795-9
定　　价：	46.00元

版权所有，侵权必究

凡购本社图书，如有缺页、倒页、脱页等印装错误，可随时退换。
客服电话：(010)6899 8638

序言

花开人独立，微雨燕双飞

中国微型小说源远流长，在文学史上产生了许多脍炙人口的优秀作品，近年来更是获得了"井喷式"发展，创作呈现"现象级"发展态势。

首先，从产量和品种来看，全国每年发表微型小说作品约四万种，蔚为大观。其次，从阵地来看，除专业微型小说外，大多报刊均开辟有微型小说栏目，微型小说虽不能说是其"保留节目"，但绝对称得上是其"重场戏"。而作为二度文献的微型小说年度选本，全国每年也出版六七种以上。第三，从团队来看，微型小说的作者队伍人数众多，涌现出孙犁、汪曾祺、高晓声、林斤澜、刘心武、孙方友等名家大家。微型小说团队也快速崛起，产生了中原板块、广东板块、江淮板块、两湖板块等创作群体，各有特色，各领风骚。第四，从成果来看，自20世纪90年代以来，多篇微型小说作品被收入中国各地区大、中、小学语文教材。冯骥才先生的《俗世奇人》还获得了第七届鲁迅文学奖。

在风起云涌的微型小说大潮中，还诞生了标志性组织——1992年在上海成立的中国微型小说学会，产生了标志性品牌——湖南常德的武陵国际微小说节，催生了标志性奖项——中国微型小说年度奖等。它们都在不同层面助推了中国微型小说的发展，丰富和扩大了中国微型小说的影响。微型小说甚至突破地理空间的藩篱，扩展到海外华人写作社群，成为中国与海外联系、沟通的重要的文学纽带。

微型小说的繁荣，打破了当代中国小说的创作格局，使其由传统的长篇、中篇、短篇"三足鼎立"，一举扩展为包括微型小说在内的"四大家族"。微型小说作为一种独立文体，日益成为当代文学创作中一股不可忽视的力量。

为了展示当代微型小说创作成果，向国内外读者介绍优秀的微型小说作品，中国微型小说学会特组织编选了"中国微型小说精选系列丛书"。所选的微型小说系从浩如烟海的微型小说作品中淘漉出来的，它们或是流传较广的名篇佳作，或是产生相当影响的经典之作，一定程度上代表了当代中国微型小说的创作盛况。

与众多选本不同的是，本系列选本系"双语选本"，除出版中文版外，还将出版英文版，以期让更多的中外读者通过更多的语言媒介，既能充分欣赏别具一格的中国微型小说美学，又能从中管窥当代中国的社会形态。

无庸讳言，由于人力、能力之局限，目前这个"选本"尚有不少遗珠之憾，诚望读者在阅读中加以指正。

细雨轻烟、莺飞草长之际，愿中国微型小说双语版像寥廓天空下的春燕一样，翩然飞入海内外寻常百姓家！

是以为序。

中国微型小说学会会长　夏一鸣
2021 年 5 月 2 日

目录

最后的守护	白金科	1
珍珠翡翠白玉汤	蔡兴荣	3
和尚桥	程思良	8
被雨淋湿的陌生城市	大海	10
一条鱼的思想品德	戴玉祥	15
药引子	戴智生	19
伸手拉一把	飞鸟	23
一条忧心忡忡的蛇	非鱼	27
如有来生	符浩勇	32
画鸭	高军	37
闪光的戒指	顾振威	41
角儿	郭孟收	45
钢笔	黄克庭	49
猎手	贾平四	52

经典游戏	江岸	55
突然绽放的乌饭花	蒋静波	59
一只灯泡	冷江	64
马兰花	李德霞	66
坐床	李建	71
玉碗金莲	厉周吉	75
一场道听途说的往事	林特特	80
一只流浪狗	刘奔海	86
挂鸟	刘泷	89
认养	刘向阳	94
出嫁	罗倩仪	99
入戏	马河静	103
我家有只吉祥鸟	马新亭	108
两棵树	墨村	112
一条忍着不死的鱼	牧徐徐	116
善心会开花	欧正中	120
好男孩的几种形态	秦俑	123
大爷与二爷	唐风	129
容	滕敦太	134
半个苹果	佟掌柜	139

半斤心事	汪建波	142
跳闸	王德新	147
一把老钥匙	王举芳	152
长吻的魔力	王培静	156
风水宝地	王世虎	161
福临门	王荀	165
筷子	王溱	169
老李和麻将	魏福春	174
喊一嗓子	文立	178
仿古赵	吴宝华	183
下手速度	吴港	187
坠落过程	吴万夫	189
瑟犄	奚同发	193
琴声	夏文兵	198
分界线	夏艳平	202
继任者	谢松良	206
橘子熟了	徐建英	210
那条叫莎莎的狗	徐向林	213
家庭法庭	许仙	218
皮狐	薛培政	223

坛子与葫芦	颜廷君	227
1991年的爱情往事	叶倾城	231
一个人的火锅	余途	237
弯弯的月亮	袁炳发	240
画手	曾宪涛	243
揽猫入怀	詹文格	248
隔墙	张建春	254
失眠	张志明	259
两平方米麦苗	张中杰	264
画蟋蟀	周东明	268

最后的守护

白金科

这个冬天一直在下雪，门前小石桥上的积雪已经被碾压成厚厚的冰，小石桥的桥面变得光滑如镜。老人坐在门洞里，看着小石桥，一下午的时间里，老人看见有八辆电动车在桥上摔倒。幸亏是年轻人，老人想，如果是上了年岁的人，可怎么得了啊！

天就要黑了，老太婆还没有回来。好些日子了，老太婆一直早出晚归，天知道她在干什么！老人当然也不知道，老太婆不说，他也不稀罕问。事实上，他们已经好多年没说话了，合不来，话说不到一块儿去，一说话就抬杠，那就干脆不说。

老人很羡慕现在的年轻人，性格合不来，说离就离了，可他们那时候，两个人一旦拜了天地，那就是拴在绳上的两只蚂蚱，谁也别想蹦跶开去。

天就要黑了，雪纷纷扬扬的。老太婆还没有回来。

如有来生

老太婆腿脚不太好，老寒腿，胆子又小，怕黑，都这时候了还不回来，她都在外面忙些啥呢？

老人想，光坐着不行啊，天就要黑了，老太婆怕黑，桥面上很滑……他得站起来，叫老太婆一走上小石桥就能看见他。老人用手抓着门框，很努力地往起站，终于，老人站了起来。老人佝偻着腰，很努力地站在门洞里，眯缝着两眼紧紧地盯着飞雪中的小石桥。

谢天谢地，老太婆回来了。老太婆慢慢地过了小石桥，过了门洞，经过老人时说了一句：老东西！

不知怎么的，老人突然觉得这句话很好听，他想好好咂摸一下这句话，可又觉得好累、好困，该睡觉了，老人想着，便一头栽下去，天一下子就黑了。

在这个冬天剩下的日子里，老太婆再没有出过家门。她拖着老寒腿顶风冒雪地早出晚归，只是想给老东西制造一些牵挂，好叫老东西多撑几天，现在，老东西已经走了，她还出去受那罪干吗！

老太婆坐在墙根儿下，望着那门洞。

珍珠翡翠白玉汤

蔡兴荣

牛掌柜看着稀稀落落的客人，轻轻叹了口气。

珍珠食铺，开了近十年，生意和小溪里的水一样，平平淡淡。

牛掌柜出身贫穷，人善良，开了食铺，常常想起小时候搜肠刮肚、四处找食的日子。开张之日，就定了一个规矩，只要贫穷没饭吃的进店，免费供应一菜一饭。这可是衢州城独一家的事。

新食铺开张，客人多，免费吃的也多，僧道、艺人、乞丐，只剩下一点辛苦钱了。

牛夫人不乐意了，打起了退堂鼓。牛掌柜却不为所动，依然乐呵呵。

人都是有良心要脸面的，绝大多数人是偶尔路过来救个急，也有断断续续来的。唯独有一个道人，却是晚饭每顿必到。夫人有了想法，脸上就挂出来了，

如有来生

上菜的盘子出了声响,牛掌柜看在眼里,自己亲自上菜。偶尔没有客人,甚至还会请道人喝一杯。道人须发飘飘,眉毛花白,无论别人什么眼神,都不为所动,吃完就走,连谢谢二字也绝口不提。牛掌柜从来不多问。

一年后,有一天道人忽然来和牛掌柜辞别,说要云游去了。牛掌柜有一点意外:是我招待不周吗?道人抚着掌柜的背,哈哈大笑:我观察一年了,你生意不好,做善事却从不间断,心地纯厚,内外如一,你是真善人啊!

一周后,珍珠食铺推出了新菜,斗大的招牌:珍珠翡翠白玉汤。

名声很快流传出来,新客加老客,队就排到了街上。食物这东西最奇怪,生意越好,人就越蜂拥而至。食客的队伍又招引了外地人品尝,珍珠食铺成了全城最旺的食铺。

一个青瓷的圆盘,豆腐如白玉柔和,菠菜翠绿如扇状铺开,白米如珍珠圆润漂浮,中间是菠菜的红根,做成一只昂立的孔雀头,整个造型就像孔雀开屏。白绿红三原色,清清爽爽,赏心悦目。

这道菜,豆腐细腻润滑,菠菜清脆爽口,最绝的是鲜,如琼浆玉液,品尝之后,无法忘怀。

一个月后，更让人惊奇的事发生了。一个官吏的母亲，眼睛昏花，第一次吃了这道菜，赞不绝口，之后每周都要来两次，一个月下来，眼睛竟然明亮了，便四处传颂。一个城里的文化老者，多年的老寒腿，走路不利索，每周必吃，拐杖竟然丢开了，欢天喜地。其他病痛减轻者等更是不计其数，食铺门庭若市。

城里人在传颂珍珠翡翠白玉汤，也在传颂牛掌柜的美德。

牛掌柜雇了两个伙计，旺财和来福。旺财聪明伶俐，嘴甜，会来事。来福老实憨厚，对人恭敬。牛掌柜女儿叫珍珠，年方二十，长得俊美异常，肤细如脂，笑起来，眼睛像一汪清泉，透人心底。两个伙计都喜欢珍珠，暗暗省下工钱，买了好东西送珍珠。珍珠不谙世事，对谁都很好，天天开心得像梅花鹿，四处蹦蹦跳跳。

牛掌柜的这道菜，外面的菜馆纷纷跟着推出，可怎么也做不出牛掌柜的味道。牛掌柜的生意独好，众人皆觉得是个谜。

这道菜的秘方，就在牛掌柜的脑子里。每天凌晨，牛掌柜就会出现在后院，开始调配豆腐，绝不让人看。

旺财暗暗上了心，他常常趴在后院的墙头偷学。

如有来生

有一次，他上了墙头，发现有一枚铜钱，第二次又看到了一根红线，他也没有在意，半年了一无所获。

有一天，他照旧爬上了墙头，脚下石头忽然一松，整个人摔了下来，陷到了沙坑里，他摸到了一个拨浪鼓。旺财心里明白了，和掌柜的缘分尽了。

第二天，旺财来辞行。

牛掌柜沉默片刻，做事要先做人，你聪明，却没有用在正道。世间万物，自有归属。你想要，不能去偷去抢。我已经提醒你两次了：铜钱就是取之有道，红线就是不要跨越做人的底线。你不听，所以摔了。

临行，牛掌柜送他一张纸，写着几个字，豆腐、菠菜、白米、鸟脑、金丝楠棍……这是道人留给他的秘方，道人是朱元璋的后人，这道菜就是当年宫里的珍珠翡翠白玉汤。

旺财痛哭流涕，他懂，这是按照风俗，牛掌柜送的最后一个交情，辛辛苦苦偷了半年，就这样白白送给他了。

他走到门口，回身三叩九拜，眼睛含着泪水，心里想着珍珠，从此要远走他乡了。来福追出来，塞给他一个包袱。

旺财走了，秘方也被带走了，来福有一点失落。

珍珠咯咯直笑,点着他的额头,你傻啊,爹把最好的东西都留给你了。

和尚桥

程思良

回龙镇清溪河畔有两户隔河相望的人家。一家姓张,在河东;一家姓李,在河西。河畔只有这两户人家,按说该和睦相处。可是,两家却为了河西岸边的一棵大榉树,争斗了几十年。张家说树是祖上栽种的,应归张家;李家说树在自家地盘上,应归李家。公说公有理,婆说婆有理,谁也不让谁。有几回,骂着骂着,还动了手,幸亏都只是些皮外伤,不然,后果不堪设想。

那年秋天,有位慈眉善目的老和尚来回龙镇化缘,听说了张李两家相斗之事,念了一声"阿弥陀佛"后,当即动身,要去化解两家的怨仇。

三天后,清溪河上张李两家之间出现了一座独木桥。那独木,正是那棵大榉树。

乡亲们无不称奇。有好事者私下询问老和尚:"大师，您用了什么妙法，让张李两家心甘情愿地伐树架桥的？"

老和尚双手合十，幽幽地说："老衲对他们说，那棵大榉树是妖树，不吉祥，会破坏两家的风水，轻则破财，重则有血光之灾。唯有将其捐出来架桥，供千人踩、万人踏，方可化解灾祸！"

"那棵大榉树真是妖树吗？"那人半信半疑地问道。

"阿弥陀佛！若非妖树，怎么会让张李两家为其争斗几十年？"老和尚反问道。

那人不由点了点头。

自从架起了那座独木桥后，附近的乡亲们再也不用多绕几里路过河了。当他们从独木桥上走过时，看一眼桥东头的张家，又看一眼桥西头的李家，都纷纷称赞两家的功德。

张李两家的关系也日渐好起来，后来还结成了儿女亲家。

为了感念那位老和尚，两家商议后，一致同意将独木桥称为"和尚桥"。

被雨淋湿的陌生城市

大海

陌生的城市如同女人的脸,突然下起密密的细雨。

早上从酒店出门,下午结束会议从大学出来,天一直是好的。

大学建在山丘上,围墙之外是条孤独的坡路。她先用右手将包顶在头上挡雨,左手拎着开会时发的资料袋。很快又变换姿势,左手将资料袋顶在头上,右手将包夹在腋下。

包是新买的,不算昂贵,但花了她三分之一月工资。那是人生第一个拿得出手的真皮提包,她惜之如金,担心被雨淋坏。资料就没有那么重要了,何况她本就不想参加这个会议。自己只是个讲师,即使参加这种小型学术会议,也少有发言的机会。再说会只开一天,匆匆赶来这座城市,来不及观光一下,又要匆匆赶回工作生活的城市。

被雨淋湿的陌生城市

细雨飘在脸上，迫使她加快脚步。无奈职业裙装配上高跟鞋，无法疾步。她骂，"鬼地方"，数次前后张望，没见出租车的影子。很多城市的大学路段出租车不多，可能学生消费力不强。她上班那座城市的学院，周边也是这样，出租车不常去。骂完之后，一辆摩托擦肩而过，她下意识地想，在陌生的城市遇到下雨，哪怕坐上摩的（拉客的摩托），也是一种幸福。

她见惯父母清贫拮据，长大之后，非常渴望过得从容。她在婚后的出行，是老公开车相送；后来她自己攒钱买了一辆小车。老公是机关公务员，和她一样矜持。家里没添小车之前，他们宁肯坐公交，也不愿搭乘摩的，甚至连同事的摩托也不愿坐……

雨，淋湿裸露的胳膊和双腿，也淋湿她的回忆。坡路拐弯处，一棵榕树从墙内伸出茂密的身姿。她小跑冲进树底，掏出纸巾擦拭脸上的雨水。有风刮过，榕树抖动，雨水从树叶缝隙滴答掉落。她打了个冷战，挪动身子躲避。

终于有辆出租车驶过，呼啸卷起的树叶，失去灰尘的味道。地面彻底湿了。她伸手拦截，车已远去。她沮丧地张望，五百米的前方是红绿灯，往前一千米就是下榻的商务酒店。这次会议也小气，主办方只在饭堂安排午餐，不提供早晚餐和住宿。她也舍不得住星级酒店。

她用纸巾轻轻擦拭包上的雨水。包的外皮质地柔软，手感非常舒适。她已经三十九岁，中年知识女性，正当优雅从容。但此时此地，优雅算个屁？滴水越来越密，雨再下得大些，肯定淋成落汤鸡。她甚至想脱鞋飞奔，套裙又箍住双腿。总不能卷起裙子到腰狂奔吧？

细雨迷蒙，织成一张巨网。她的优雅内心开始烦躁。

又一辆摩托开过时，她果真伸手拦截。她心里清楚，有些不是摩的。摩的司机会在车把挂个头盔，那是通行全国的揽客标志。她已无心思分辨，拦住一辆，就能避开该死的雨。

遗憾的是，连续四辆过去，没有一辆停留。就在她想放弃时，一辆蓝色女式摩托停到身边。城市的家用摩托多半是女式，只有拉客摩的司机才买男式。穿着雨衣的摩托司机单脚支地，右手掀开头盔面罩，冲她惊喜地喊：嗨……是你啊！

久远而熟悉的声音怔住了她。她的心跳得快起来：是他！尽管不相信自己的眼睛，但眼前人确实是他。声音没变，神态没变，除了长相变老。她有些眩晕，他们已经分开好多年了！

好多年前，他和她是情侣，从同一所大学硕士研究生毕业，她成了那座城市学院的教师，他进了外地的事业单位。后来，他为她放弃单位编制，去了那座城市的企业。再后来，她认识一个家境尚可的本地公务员，坚决提出分手。他泪流满面地问原因。她说为了各自过得幸福。他最后发来短信祝她幸福，离开了那座城市。她常常在想，他走时伤心欲绝……

此刻的他递来头盔：雨好大！去哪？送你！声音已经淡然。

她清醒过来，觉得没有理由拒绝和怀疑。接过头盔戴上，扶着他的肩膀，坐到身后。他将雨衣往后撩了撩，盖住她的身体前部。往前开时，他转头问去哪里？她竟然想不起来。

她的脑子里全是往事，他们失去联系整整十年！十年里，她为人妻、为人母，工作向稳，生活安逸，达到了她要的从容。头几年，她曾经想去找他解释：都是从农村来的，又是外来者，结婚如果房子都买不起，苦了大人也苦孩子。她想告诉他：你可以找个更好的女人结婚，大家都好才是真好！后几年，她与丈夫吵架受委屈时，也曾想过要去找他……

如有来生

有些心思，她自己也弄不清。但有一点可以肯定，她经常梦见他，问他过得是否幸福！每次醒来她都泪流满面，以为今生陌路。万没想到，竟然在这座陌生城市与他再见！

车到红绿灯，他转头又问：你要去哪？她反问：你要去哪？他说先送你，再回家吃饭。她脱口而出：老婆在家等？他笑了笑，说是啊！她突然若有所失，说过了红绿灯就是。

雨下大了些。他伸手后撩，将雨衣往她身上遮盖。她闻到他的体味，心刺痛一下。多么熟悉的味道，曾经无数次让她身心摇曳。刹那间，她甚至很想拥了他的腰身。

他将她送到酒店门口，轻轻问：来出差？她点点头：你……好吗？他的鼻音突然变重：还好……多保重！她看得真切，他加大油门转身去时，头盔面罩里的眼圈已经发红。

她开始恍然，没走进酒店，而是冒雨前行。她边走边想，这座被雨淋湿的陌生城市，怎么有了熟悉的感觉？这种感觉里既有疼痛，又有温暖；既有愧疚，又有希望……她越想越乱，雨越下越大，淋湿她的头发，淋湿她的身体，淋得她泪如雨下。

一条鱼的思想品德

戴玉祥

我在庭院的西南角，修了一个水池，放养了一些鲫鱼。早晨起来，我喜欢站在水池边，看那些鲫鱼在水池里游来荡去，很是惬意。

一天早晨，我发现一条鲫鱼，肚子朝上。我知道，这条鲫鱼，怕是要死掉了。我将它网了出来，想把它杀了。就在我准备杀它的时候，鲫鱼说话了。鲫鱼说，主人，知道你放养我们，就是为了杀我们，吃我们的肉，这些，我们都懂，也无怨无悔。但是主人，你能不能留我些时日，等我将肚子里的子都甩出来了，才杀，好吗？

我看看它，最后还是将它放回水池里。

那鱼，回到水池后，就开始甩子，像是在争分夺秒，一刻也没有停息。后来，水池里竟然冒出许多小鲫鱼来。那鱼告诉我说，你可以网我了，杀我了。我

如有来生

看看那鱼，我说，你让我的水池里多出很多小鲫鱼，你功不可没，不网你了，也不杀你。那鱼听了，说你们人类怎么这样，这样做，不是让我不诚信吗，不行，你必须网我、杀我！我觉得那鱼真的很有意思，很好玩。我逗它说，你这样说，我还就是不网你、杀你，看你怎么着？那鱼听了，转身就往池沿上撞。我喝住它，我说，你这样做，就没有责任心了，那些小鲫鱼，还那么小，你竟然要撇下它们，你心好狠呀！那鱼听了，觉得有些道理。那鱼说，那就再给你些时间，到时候，再不网我、杀我，我就撞死。我说好好。我嘴上这样说，心里，是不准备网它、杀它了。我觉得，一条鱼，为了诚信，竟然勇于拿出自己的性命，真的很难能可贵。

但那条鱼，还是让我网它、杀它，并且，态度坚决。

那天，我突然听到那鱼喊叫，声音凄惨。

我跑过去，看见水池里的鱼，大大小小，都浮在水面，大张着嘴巴。那鱼见了我，很坚决地说，水里缺氧，来，从我开始，将大一些的，都网上去，杀了，否则，我们谁也活不了。我知道是这个理，只好用网，将一些大的鱼，都网了上来，杀了。只是，那鱼，我没有杀。我觉得，在面对危险时，它挺身而出，是好样的，怎么能杀它呢？我将它放进一个水盆里。那鱼哭闹，说你们人类怎么可以这样呢，这样不是陷我于不仁不义吗，说过的，从杀我开始，你怎么可以这样做呢？那鱼说过后，就往盆沿上撞，撞了几次，好像只是头晕了点，并没有大碍。那鱼知道，这样再撞，也是死不了的。

那鱼想到绝食。

只是，我没有看出来。

后来，我出差走了。等我回来，已是一个月后的事了。我看见水盆里的水，都快没了。我不解，问那鱼，说这水盆里的水怎么快没了？那鱼看看我，有气无力地说，你走了，怕贼进来，我一天到晚扑腾，是想让贼知道，屋内有人，这样贼就不敢进来了。那鱼还说，你回来了，我就可以放心走了。我说，你要去哪里？那鱼说，还能去哪里，你要是觉得我还有用，就赶快将我杀了，这样，我死后，总还是有点作用。那鱼说后，便闭上了眼睛。我不忍心杀它。只是，我并不知道，那鱼早就绝食了，要不是怕有贼进屋，恐怕早就死了。我给水盆里又添了些水。我说，我不会杀你。还说，你这样的品德，我们人类都应该学习的。我怎么会杀你呢！这时，我听见那鱼叹了声气，接着便死掉了。

　　我捧起那鱼,目光在它身上碾过后,便后悔起来。后悔没有满足它的最后愿望。我将那鱼拿到刀板上,破开了它的肚子。这时候,有一个声音在说,扔了吧,死鱼不能吃的。紧接着,便有呜呜的声音漫过来。

　　我停住手,两行泪水,叭叭,砸到地上。

药引子

戴智生

浮梁出茶,唐朝已富盛名,白居易有诗为证,"商人重利轻别离,前月浮梁买茶去"。而浮梁产红茶,却是清朝同治光绪年间,"发轫于北乡溪"。

溪是个村名,原先叫潘村,一直是潘氏人家居住,后有汪姓人落脚,"八山一水半分田,还有半分宅基地"是这里的概貌,许是环境使然,潘氏迁了出去,汪姓人改名溪村。

偏是漫山遍野的野茶树,成就了汪姓人。纯属偶然,留守的汪姓人采摘野茶树的"仙枝",竟创制出一个新品种——溪茶。他们一代一代传承,担着溪茶走南闯北,在上海、九江、汉口等市场占得一席之地,于是,狭窄的溪村街道,林立起二十四家茶号,诞生了富有影响的十大茶商。

汪宗义从小跟着父亲学制茶,没机会入私塾,成

如有来生

家之后也想"立业"做贸易。他闲时在茶号打杂，接触各地商人，手勤脚勤眼勤嘴勤，老板另眼相看，汪宗义把自己的想法如实相告，老板也支持，授他不少生意经。

一切准备停当，那年清明节后，汪宗义收集二十担茶叶，择吉日，拜路神，就近租板船运至景德镇昌北码头，再改装大帆船，目的地是广州。广州是前人未至之地，他不想去有族人的市场叨扰。

昌北码头撑篙离岸，忽然冒出一位老人央求搭船。老人五十岁光景，纤瘦羸弱，下巴一撮山羊胡，肩挂简便褡裢，颇有点孤独疲惫的样子。汪宗义动了恻隐心，也想到"与人方便与己方便"，便同船家商量，同意了。

船先驶向鄱阳湖，恰逢平水顺风，一百八十里水路，朝发夕至。鄱阳湖至赣江，航程就远了，风高浪急，百舸争流，扬帆二十天。到达南岭山麓，转走陆上驿道，货物由挑夫肩扛担挑，汪宗义坐上两人抬的小轿。

且说搭乘的老人，上了船进舱倒头就睡，开饭时喊他，也不客气，吃了又睡。从老人三言两语中，听出他是浮梁高岭人，游方郎中，回家奔丧完事，重出

药引子

江湖。

汪宗义坐轿，本是想学做老板的派头，眼瞅着跟在后面的老人举步维艰，屁股还没坐热，轿子就让给了老人。

翻过南岭，复走水路，沿珠江南下，广州便不远了。老人这时活络了许多，脸上有了红润，话也多起来。他主动找汪宗义结算一路的伙食费。汪宗义不收，便菜便饭添双筷子而已，同舟是缘分，何况老人给了他此行更多的信心。

老人介绍广州码头的情况，也介绍广州的饮食习惯，这与他的行当有关。广州气候炎热潮湿，水质火气大，温热之邪易袭人体，喉咙不适，所以，广州人喝凉茶，症状严重者，喝"十八清上汤"，芳香化浊，降火润肺清燥。他们平时喜饮乌龙茶、红茶或普洱，很少喝绿茶。

汪宗义抓把茶叶请老人品尝，溪茶外形条索紧细，色泽乌润，冲泡后，茶汤红浓，香气醇厚。老人抿一口，眯上眼，顿感通体舒畅，芬芳馥郁持久，略有甜香。

老人捋了捋胡须，问："怎么还有一股独特的香味儿？"

汪宗义说："溪山上生长一种野兰花，叫九节兰，

如有来生

喜欢同茶树挨在一起,而且到了采茶季节,九节兰开放最盛,所以茶叶有九节兰的香味吧。"

老人说:"真是好茶!如果人家识货,一定有好销路。"

船抵终点,老人告辞先行。他踏过跳板,又折回身,嘱咐汪宗义:"你设摊摆点挂面旗幡,上写'溪茶'两字,自有妙处。"

汪宗义没有太在意,他一直处在忙乱中。卸货物,落客栈,他只想尽快开张做生意。翌日,闹市寻好摊位,摆出样茶,岂料一整天过去,少人问津。汪宗义好生郁闷,夜里辗转反侧,猛然想起老人的话,连忙找块白布,请客栈老板写上两个字。

新的一天开始,汪宗义把布条挂在摊位上,生意依然迟迟不得开张。晌午时分,蓦地有人在摊位前惊呼:"找到了找到了!"说着就要称茶叶。量不多,一两五钱。怪的是,这样的人越来越多。

原来,他们手上都握一张处方,去药店抓药,所有药店独缺一味药引:溪茶五钱。一张处方抓三帖,正好一两五钱。

意外的是,药店也派人来批发。不难想象,溪茶在码头迅速传出名头,汪宗义立住了脚跟。

伸手拉一把

飞鸟

麦子晒干，装进袋子里，天就长毛了。不规则的云毛茸茸的，铅灰中团着黑。"有雨了。"爹说着脸上也起了云。爹脸上的云比天空里的云还要暗。爹叹口气，说："我去你黄叔家借车。"

爹骑着自行车回村。大晒场离村两里地。爹探身蹬车的身影渐远，我开始用细麻绳扎袋口。我扎完数了一下，四十二袋。爹回来了，还是探身蹬车，满头汗。爹说："不巧，你黄叔的拖拉机坏了。"我架着板车把，爹把麦袋子装板车上。一板车能装十来袋。爹让我在晒场看着麦袋，他一个人往家拉。

拉第二车的时候，我发现爹的腿有点抖。我说："爹，我来拉。"爹回头笑笑，说："你才十二，力没长全呢。"我望着爹拉车的身影慢慢消失，抬头看天，几大块云又黑又浓，滚了过来。其他没有云的地方，

如有来生

天出奇地蓝。突然，黑云就罩在我头顶了，天色也黑暗了。一道闪电，一串雷，哗，雨落下来。我拿起塑料布盖在麦袋上，望望村口，不见爹，只是水茫茫。我钻进塑料布里。水漫淌过来，泡着我的脚和麦袋。晒干的麦子散发着热腥的气味。约莫六七分钟吧，雨停了。天空瓦蓝，夕阳洒下来些淡红的光。我站在湿乎乎的晒场，抬头四下看，没有出现彩虹。

突突突，拖拉机的声响传来。黄叔开着拖拉机，他儿子小军抱着黑狗坐旁边，黑狗的大脑袋耷拉着。他们从晒场不远的路上经过，往柳屯的方向去。柳屯有个有名气的兽医。

过了一会儿，爹拉着板车回来了。我看见爹，哭起来。爹说："没啥大不了，男人的泪比金豆子还贵，就十几袋麦，明天再晒晒而已。"我哭着告诉爹黄叔刚才开着拖拉机经过了。爹没说话，坐在板车上抽烟。抽完一根烟，爹站起来，拍拍我的肩膀，说："辉，人家帮咱是情分，不帮咱也是正常。"

天快黑时，爹踩踩晒场地面，说："可以拉了。"我架好车把，爹把浸了水的麦袋装板车上。爹拉着，我推着，一起回村。爹还给我讲了个什么笑话，我却没有心思笑。第二天，爹把这车麦拉去了晒场。摊晒在塑料布上,下午晒干,收了装袋,用板车拉回来。

这年冬天,我家卖了小麦和棉花、豆子,又去城里二姑家借了钱,买了辆二手拖拉机。

又一年麦季到了。爹开着拖拉机拉着石磙,在我家地头造了一个晒场。晚上听到一个消息,黄叔酒后开着拖拉机掉村北沟里了,摔断了腿。拖拉机的水箱也摔坏了。我兴高采烈地向爹说这件事时,爹却摇头叹气,很不开心。

有了拖拉机,我家的麦季很快结束了。小秋不让耧,趁墒,爹开着拖拉机播下了大豆。天刚落黑,我做作业,爹看电视新闻,黄婶来我家。她说:"夏哥,能不能开着恁家拖拉机帮俺拉拉麦,天都黑了,村东晒场还一堆麦袋子呢,万一夜里再来场雨……"黄婶抹眼泪。我暗笑,爹会拿什么借口拒绝呢?最好就说:"不巧,俺家车坏了。"

"中,"爹爽快答应了,说,"我马上开车去。"爹开着拖拉机去了,我合上作业本生闷气。等爹回来,我看他衣裳都被汗水溻透了,猜他不光是拉麦,一定是连装带卸。黄小军比我大一岁,在爹眼里,是没长全力气的小孩。我生气地问:"爹,你忘了去年的事了?"爹想了想,走到我面前,看着我的眼睛,慢慢说:"辉,你记住:看见别人遇到难处就要伸手拉一把!"爹很少这样郑重严肃对我说话。我久久品味着爹的这句话,一直品味到今天呢。

爹帮黄叔家拉完麦的第三天,黄婶又来我家,拎着两瓶好酒。爹不收。黄婶说:"夏哥,恁弟说了,这两瓶酒你一定收下,要不收他以后没脸见你了。"爹收下了。黄叔腿好后,爹宰了只肥鸡,炖了,请黄叔喝酒。两人喝得高兴,划拳声传了半个村。

我大学毕业后落户城市,爹身体硬朗,住不惯城里,还在村里住。爹虽然大字不识几个,但在村里有威信,谁家红白事都请爹首席主事。

一条忧心忡忡的蛇

非鱼

院子里透出古意。墙角有青苔层叠,绿了又黄,一架紫藤茂盛得无边无际,遮蔽出一大片浓荫。

老的太师椅,老的人,老的猫,和这个院子倒是谐调。

太师椅在房门前,老人在太师椅上,猫在老人的脚下。一整天,院子里像一幅静物写生,少声音,不流动,甚至空气,也是凝滞的,老人和猫的呼吸都显得很惊人。

临近傍晚的时候,一条蛇溜了出来,成为这个院子里少见的客人。这条蛇拇指粗细,青白的身体,有暗的纹络。

蛇抬起头四下里看看,看到了打盹的老人和猫。她不知道是该从他们身边穿过去,还是该退回去,于是,蛇停下来,看看椅子上的老人。

如有来生

　　老人并没有发现这条小蛇的到来，他沉浸在自己的回忆里，以一种表面的静态掩盖另一种动态。过去，像一条河一样，潺潺地在心里流过，无数的欢喜悲歌，他都一清二楚。

　　老人很克制自己，尽量控制着这条河，不让它流得太快。每天，他只敢把闸门打开一条很小的缝隙，让这条河流出一点点，尽管只一点点，他已经很高兴，很满足了。他双目微微闭上，阳光在脸上覆上一层暖。

　　但在高兴和满足之外，老人也总有着隐隐的担心，他担心这条河总有流干的时候，一旦再开启了闸门，而没有那潺潺的流水，他该怎么办？他很努力地说服自己不要多想。

　　蛇一直盯着老人，她似乎忘记了自己的初衷。她很奇怪，这个老人居然可以这么长时间地一动不动。

　　太阳一点点退去，院子里有些清冷。

　　一个老保姆踢踢踏踏从屋里出来，先是轻声叫了一下，老人没有反应，她又大着嗓子喊：老爷子，吃饭了。这一声，惊醒了老人，也惊醒了那只老猫。

　　蛇看到老人抬起眼皮，疑惑地看看周围，然后站起来一声不吭地跟保姆进屋，那只老猫也一言不发地进去。吃晚饭的时间到了。

穿过院子，从墙角到墙角，蛇也走了。

第二天，如同头一天的复制再粘贴，依然没有一点声息。那条蛇被勾起了好奇，也在老人出来不久再次出来了。这次，她把自己悬挂在紫藤架的深处，从叶与叶的中间看老人。

整整一天，除了老保姆出去过一趟，院门发出沉重的一声响，还有老保姆回来的又一声响，让蛇惊了一下，其余再没有什么动静。偶尔有一两只蝴蝶飞来，在紫藤架上空寂地飞了两圈，又飞走了。

中午吃饭的时间，老人走进屋里，蛇很想跟进去看看，看他们在饭桌上会不会说话，但她没有，她怕那只老猫。

一天又一天，蛇感觉自己也在慢慢变老，她的灵动和机敏，都在一点一点失去。她在这个院子里待的时间太长了。

就在天渐渐冷下来，蛇准备离去开始她漫长的冬眠的时候，她终于下定决心跟着老人溜进了屋里。

屋子很大，一个又一个房间，摆满了家具。看得出，这里曾经人丁兴旺，有过热闹繁华的时候。现在，家具静悄悄地待着，人都走了。蛇不知道他们去了哪儿，也许是附近，也许是远方。

如有来生

老人和老保姆在堂屋吃饭，那只猫依然在老人的脚下。老人没有说话，老保姆也没有，只有咀嚼的声音和筷子碰到碟子和碗的叮叮当当。老人吃得很慢，仿佛那些饭难以下咽。

老人背后的墙上，有一个大的相框，里面装着一张全家福。老人坐在前面的正中间，另一个老的女人坐在老人身边，周围十几个人，大家温和地笑着，其乐融融。老人也在笑，笑得很慈祥。

蛇看看相框里的老人，又看看正在吃饭的老人，她有些恍惚。

吃完了饭，老人坐在椅子上没动，老猫也没动，仿佛吃饭耗费了他们所有的力气。老保姆动作迟缓地收拾桌子，一趟又一趟，过来过去，脚蹭着地，橐橐地响。

如同白天一样，老人又坐在屋里，把过去的河流放出来一点点河水，他安然地回忆。

蛇看得有些心酸，她很想弄出点什么声响，或者溜过去贴着老人，但她不敢。她的身体是冰凉的，不但给不了他一点温度，还会吓着他。

突然一阵电话铃声惊天动地地响起，似乎把整个屋子震得都在抖。老人吓了一跳，很迅速地转过头，看着桌子上的电话。老猫似乎也吓了一跳,猛地弹起身子,昂头看着老人。老人似乎不知道怎么去接电话,他伸出手,又缩了回去。

老保姆急急地从厨房出来,匆忙在围裙上抹抹手,拿起电话。"是三儿啊,好,都好。"老保姆嘟嘟囔囔地说着,脸上渐渐有了笑容,老人看着老保姆,脸上慢慢也有了笑容。老保姆把电话递给他,他接了,没说两句话,却又挂了。

因为这个电话,整个屋子好像全部又活了过来,老人在椅子上不停地扭动身体,老猫在桌子下转来转去,老保姆嘴里小声地自言自语。

看着这一切,蛇也高兴起来。

这个晚上,她就要离去了,寻找冬眠的地方,不能每天来看老人了。她突然又变得伤感起来。

如有来生

符浩勇

陈辉没有想到,他貌似谐调的生活琴弦,被一次电视采访活动搅乱了节奏。

参加电视台现场采访活动,陈辉同妻子被问到"来生还爱吗"的问题。其实,电视主持人的问题非常简单:"假如还有来生,你们还愿意再做夫妻吗?"而前面的十多对夫妻都干脆地选择了愿意。当时,妻子看了看他,显然没找到默契的答案,或者碍着大庭广众,说:"愿意!"而他怔了怔,凝了神,说:"我倒更愿意换一种生活!"他发现妻子的脸色晦暗下去时,将目光投向场下观众席去寻找支持的亮光。好在主持人很会圆场,才缓解了僵硬被动的气氛。

回家路上,陈辉没有说话。回到家里,妻子也没说话。他也感觉不知道说些什么好,干脆也不说话。他没想到,当晚电视台将活动场景在黄金时段播了出来。

其实，有了孩子的十年间，他早就发现妻子把所有的心思放在孩子身上，就不怎么理会他了。自从孩子上小学，需要有人接送，妻子就将丈母娘唤来帮忙，这使他很不适应，至少让他不能光膀露臂或穿着大裤衩在客厅逛了。特别是到了周末，大舅子及小舅妈都来凑孩子的热闹。这时候，陈辉总觉得自己像是进了别人的家。

陈辉不晚婚却晚育。妻子是他大学时的同学，在校恋爱，毕业两年后结婚，日子乐融融过得像开了花。没想到，到三十岁时有了孩子，妻子就只想着孩子和娘家人，已经不考虑他的感受了。如大舅子要做生意，妻子不征求他的意见，就把节俭攒下的钱说是借了他，可大舅子将生意搞砸了，还钱的事只字不提。然而让陈辉最闹心的是，这些年间，他和妻子每月只亲热一次，固定在每月妻子月经完事的那个周末。而且有许多次，妻子的手机响了或来了信息，她便扭身去接电话或回信息，全然不理会他在身边。这时候，陈辉一下子泄去激情，总是产生一种刻骨的恼恨。

这些年间，陈辉同妻子吵过，像天下所有的夫妻那样为了糊口生计的柴米油盐奔波，因为事业前程的竞争挤对吵过，甚至把单位里的不称心不如意带回家

如有来生

吵过，甚至不知多少次在争吵中恶狠狠地说过离婚的话，但一直都没有离。其中最重要的原因有二。其一，孩子还小，正在长身体的年岁，一旦离异，孩子幼小的心灵就会蒙上无法洗刷的阴影。忍忍吧，双方似乎都控制在可承受的限度里。其二，这些年，他在单位勤勉上进，被确定为后备干部，都在梯队培养系列，其实眼前，陈辉已成为单位里一个重要部门的主要负责人。让让吧，婚姻不一定当饭吃，但前程仕途在当今社会还可算是改变人生的途径之一。于是，陈辉也就糊里糊涂过下来。他曾想过，假如有来生，他一定不会再伴随她过一辈子。有一次吵架闹离婚，妻子也说过，如果重新选择，她一定会找到一个比他优秀且善待她的男人。

然而，陈辉压根儿没有想到的是，会有一天去参加电视台现场采访活动，他同妻子被问到"来生还爱吗"的问题，同时也搅乱了他们的生活节奏……

陈辉见到上学的小孩回家，他张开臂膀想拥抱，小孩却跑开了，还嚷道："我妈妈哪里不好？你想换一种生活；你换了另一种生活，我该怎么办？"他竟无言以对。

陈辉无意间听到小孩安慰暗地落泪的妻子："妈

妈，我会长大的，下辈子有我呢。"妻子竟然破涕苦笑，而在他眼里却像哭一样。

陈辉抬头出门，低眉进屋，逢上左邻右舍，总有人拿他取乐："没想到，看不出，他还很有想法，怎么着，吃着碗里的，盯着锅里的，想得疯呀，这些事还拿到电视上张扬。你看，人家阿毛背地里张狂撒野，回家对老婆服服帖帖不也像只病猫……"他没想到，左邻右舍会这样看他，他无法申辩，抑郁在心里。

陈辉后来还听到辗转而来的妻子姐妹们的教唆："你也太惯着他了，七老八痴，别让他不知东西南北，他想跟别人，你告诉他，门儿都没有！"

妻子提出分睡的那个夜里，陈辉终于说了："你别怪我，你不好受，我也不好受。其实，我并没有别人说的那些……那些想法，我那一会儿说的意思是，是想让你过上比现在更好的生活……"没等他说完，妻子抢白他："你说还会有来生吗？我们来生还会有爱吗？只有你心里明白，你自欺欺人吧！"

陈辉最终没有离婚，谁也不知道他们曾经每月约定的时光是怎么过的，反正日子又在稀里糊涂中过了十年。一天，陈辉闲着翻一本杂志，突然看到一篇关于夫妻关系的调查报告，上面写道：

如有来生

……十年前,一个电视节目"来生还爱吗"现场采访中,一百对夫妻中有八十对选择"来生愿意做夫妻"的已有二十对离婚,而二十对回答"来生不再做夫妻"的没有一对离婚。

画鸭

高军

阳都高雪岩先生,是国画名家。他最擅长的是画鸭。他有一怪癖,从不自己题款。每幅画画好并钤印之后,必送往阳都城北的艺宝斋,让年少于自己十几岁的斋主李天祥题款。几十年来,二人配合默契,名声都很大。

某日,年轻后生王世忠来高雪岩先生处投师学画。高先生毫不客气,一连十八天将其拒之门外。

第十九天,王世忠又来到先生门前,仍拱手执礼,谦谦如也:"先生,收下我这个徒弟吧。弟子情愿做牛做马也要跟先生学画。"

高雪岩看他如此心诚,心里一热,慢悠悠说道:"要学画,去艺宝斋,找李天祥。"

王世忠学画心切,尽管不大情愿,但转念想一想,高先生都如此推崇他,便高高兴兴地去了。

如有来生

来到艺宝斋,王世忠一开口,就又被李天祥冷冰冰地拒绝了。

王世忠道:"是高先生让我投师于您的。"

听到此话,李天祥脸上露出一丝不易觉察的笑意,竟愉快地收下了王世忠这个徒弟。

在一起时间长了,王世忠发现,李天祥独身一人,除顾客外,绝无其他人与其有交往。生活上粗茶淡饭,马马虎虎,从不讲究。王世忠很疑惑,师父为什么不找个师母照料一下日常生活呢?

接着,王世忠还发现了更有趣的事儿,李天祥在为高雪岩画的鸭题款时,每次总是先在他所画的鸭背上再用淡墨横扫一下。这一笔,扫得干净利索。一笔下去,水晕墨章,节奏气势,尽出其中矣。然后,李天祥才用吴昌硕行楷字体在高雪岩钤的朱红名章上方根据所留空间的大小,所题内容的多少,合理布局,一气呵成,一幅神妙的艺术品就这样最终完成了。

有时,兴致来了,李天祥先生也在案桌上铺开宣纸,提笔蘸点朱红色料,凝神片刻之后,噌噌两下,宣纸上出现了朱红色的鸭喙。接着用墨色上下两笔,快速画出圆中略呈三角形并带有绒毛感的头部。再用侧锋画出柔而有劲的鸭颈,再接一笔,画出小鸭胸部的龙骨结构和体态。用笔根部稍淡的墨色提顿一下，小鸭尾羽部又出来了。这时，李先生停一下，用笔蘸点浓墨，加点水使墨色渐淡，又干净利落地画出了小鸭的翅膀。接着用淡墨横扫一下，扫出鸭背。最后画出小鸭朱红色鸭掌，点上黑睛。一只小鸭活灵活现地画了出来。

但是，李先生很少作画，画了以后也立即收藏起来，从不示人，更不张挂。王世忠跟李先生时间长了，竟也看出了门道儿，其实李先生画鸭技艺比高雪岩高，高先生画的鸭背缺少才气，需李先生补扫一笔才成，李先生才是画鸭名家！

有一次，王世忠问起了这个话题，李先生说："年轻时我是个孤儿，很穷。爱吴昌硕的行楷字，更爱画鸭。那时流落街头，沿街乞讨，并结识了一漂亮女丐。后来，高先生收留了我俩，管我们吃住，并教会了我装裱书画，资助我开了艺宝斋。从此，他总是让我题款裱画。我可以不谦虚地说，其实我画的鸭比高先生的强，但我一直想着回报他，从来不对外画。"

王世忠想，其实高雪岩先生也很明白这一点，才不收我这个徒弟，让我投师李先生，高先生是爱护我啊。

如有来生

　　三年后，王世忠学成出师，成了一画鸭名家。想到当年高先生的推荐，每怀感激之情，时常到高先生处拜访、探望。

　　有一次，王世忠鼓起勇气，说起此事。高先生笑笑："李先生是名家。至于鸭背，是我故意留的一处破绽。我得促他成名啊。"

　　王世忠又追问道："当年您同时收留的女丐后来怎样啦？"

　　"唉——"高先生长长地叹了一口气。

　　这时，王世忠发现，正在为他们续水的高夫人手抖了一下，脸上布满了红晕……

闪光的戒指

顾振威

我的额头长了块灰色的胎记,听人说用金子擦擦就能去掉。在我们顾庄,只有在县城当工人的天增家有金戒指,母亲就拉着我的手去求天增的媳妇李婶。

李婶将戒指从手指上拿下来,母亲小心翼翼地接过,用戒指在我的胎记上不停地擦着,嘴里还哼唱着:"金子金子擦擦,胎记胎记搬家。"直到胎记处被擦得火烧火燎般地痛,母亲才将戒指放在沙发扶手上,和李婶东一句西一句地闲扯着。

母亲回到家里还没做好午饭,李婶就风风火火地跑过来说:"大嫂,戒指还用不用?不用就还给我。"

母亲惊愕得瞪圆了双眼,端着面瓢的手也在不停地哆嗦着,颤着声说:"我把戒指放在沙发扶手上了,你没有看到?"

李婶涨红着脸说:"沙发上没有戒指。"

母亲将面瓢放在案板上，向外面跑去，李婶急忙跟了上去。母亲和李婶将沙发抬到院子里，将屋子角角落落找遍了，也没有见到戒指的影子。母亲一屁股坐在地上，絮絮叨叨地说："我明明将戒指放在了沙发扶手上，它没长翅膀，不会飞走啊。是鸡叼了？是狗衔了？"

李婶冷冷地说："这戒指是天增在大桥商店买的，六十块，我干一年农活也分不到六十块。"

母亲是一步三挪回到家里的，母亲回到家就将疲惫不堪的身子放到床上，破天荒地没做晚饭，夜里和父亲絮絮叨叨说了一夜。

天刚蒙蒙亮，母亲和父亲起了床。在他们的苦苦哀求下，大队支书同意父母在窑厂干活儿。

放学后，我常常跑到窑厂看父母干活儿。母亲背着七八块砖或砖坯子，身子弯成一张弓。在1976年的冬天，我最不忍看的就是母亲洗手了。母亲粗糙的手背上疤痕累累，皲裂的大口子里凝结着暗红的血痂，母亲洗手时常疼得脸上冒汗。

父母在窑厂忙活了一个冬天，终于凑够了六十块钱。当母亲将血汗钱捧给李婶时，李婶双眼湿润了。"嫂子，我知道你家困难，这钱留着过年吧。"母亲笑着说："大妹子，我就不跑到县城给你买戒指了，麻烦天增兄弟买吧。"

还了李婶六十块钱后，深受感动的李婶求着母亲和她拜了干姐妹。李婶搬家到县城时，还将笨重破旧的沙发送给了我们。

弹指间二十年过去了，我家也像全国一样发生了天翻地覆的变化，家里新置了真皮沙发，李婶送的旧沙发只能当劈柴烧锅了。揭开沙发坐垫，撕掉破破烂烂的绒布，我看到一枚戒指羞涩地缩在沙发角落里。

听到我的惊叫声，母亲蹒跚着走过来，双手捧着戒指，禁不住老泪纵横，她又想起了那艰辛的1976年。

妻子夺过戒指，利索地戴在手上，一脸的兴奋。"好大的一枚戒指，值一两千块钱吧。我也戴上戒指了。"

母亲双手捧着妻子的手说："这戒指样式过时了，我给你买个新的。"母亲说着就从妻子手上撸下戒指。家里才盖了楼房，哪还有钱买戒指？妻子的脸能阴得挤出水来。

夜里，我已经睡下，母亲将我从床上唤起来，吞吞吐吐地说："我想和你商量件事。"

我不满地嘟哝道："什么事不能等到明天商量？"

如有来生

母亲小心翼翼地说:"是这样的,现在都实行火葬了,我想把棺木卖掉。"

在母亲的坚持下,上好的棺木被人买走了。

后来,我的七十多岁的老母亲进了趟县城,她将尘封了二十年的戒指还给了李婶,并坚持着只要回六十块钱。

母亲还兑现诺言,给她的儿媳买了一枚闪光的戒指。

角儿

郭孟收

论排场，于天贵算得上十足的"角儿"。

"角儿"吃肉，跟包的喝汤，打下旗儿的活遭殃。说起于天贵，戏班里的人只有这无奈的感叹。

梨园行的人都知道，梆子戏讲究高门大嗓的天赋，要祖师爷"赏饭"才能入行。因此，唱梆子想成"角儿"着实不易。而成为"银达子"那样蜚声梨园界的梆子戏"名角儿"，更是多少人一辈子的梦想。

于天贵梆子唱得好。其嗓音高亢嘹亮，一板一眼模仿起"银达子"来惟妙惟肖。俗话说，腔好唱，味儿难磨。拖腔、夯音、喷口，"银达子"独创的"达子腔"的味儿，于天贵学得还真有几分样子。他自己也将"银达子"视为平生至高的追求，连做梦都想着有朝一日能一睹大师的风采。后来就干脆打出了"小达子"的艺名。兵荒马乱的年月，戏班子多生意惨淡。但只要

"小达子"的水牌一挂出来,那绝对是座无虚席。

有了这块金字招牌,于天贵上到班主,下到龙套杂役没一个放在眼里的。还隔三差五喝多了酒耽误上台。就为这,班主不知道里里外外赔了多少好话。没办法,谁让人家是"角儿"呢。

眼看到了年根儿底下。这天,外边突然来了一位自称叫王老三的人。只说是出门行李丢了,要在戏班帮两天工,凑个回家的盘缠。

"你都会干什么呀?"班主上下打量着眼前这个身材清瘦的汉子。

"检场、打帘子、拉大幕、打下旗儿都干过。"王老三一张嘴竟然一口的梨园腔。

"嗬?行家呀!照你这么说还是个全活啦?"班主惊异地问道。

"正好今晚《艳阳楼》还缺个龙套,你来得了吗?"王老三点头笑了笑,算是答应了。

"全活能混成他这德行,又是个骗吃骗喝的主儿吧!"于天贵一手拎着酒壶,歪斜着坐在一只木箱子上接过了话茬。

"那'大衣箱'装的可是咱吃饭的行头,是供奉老郎神祖师爷牌位的地方。你怎么能坐在上面!"王老三顿时收敛了脸上的笑容。

"臭要饭的！也轮得着你来说三道四。告诉你小子，啥时候混成了'角儿'，你也爱坐哪就坐哪。"于天贵红着眼珠子，满嘴喷着酒气。

王老三只摇了摇头，没再说话。

《艳阳楼》，于天贵饰演高登。起霸、云手、山膀，……台上一招一式干净利索。不时赢得台底下一两声喝彩。

于天贵演的高登跟王老三有一场对手戏。高登一抬脚，这边就地一个滚翻，这一折就算过了。可等王老三到了跟前，于天贵却悄悄将脚向前挪了半步。一出腿，这脚可就奔着王老三的面门去了。这一脚要是踢上，鼻青脸肿不说，那戏就算演砸了。可没想到王老三反应非常迅捷，顺势一个后翻，脚尖擦着鼻子就过去了。台底下观众看得真切，拼命叫好。大家都知道那"好"是给王老三喊的。可于天贵脸上挂不住，越想就越来气。下台后，又独自喝起了闷酒。

第二天，戏班开演封箱大戏《辕门斩子》。可于天贵却是烂醉如泥，任大家怎么喊也不醒。挑大梁的不上，这戏可怎么唱啊。一年到头，可就指望着这一回露脸呢。班主搓手跺脚，急得团团转。

"要不我来试试!"一个陌生的声音搭了腔。

居然是王老三。

"你……你能唱?这可不是打下旗儿跑龙套。"班主差点把眼珠子瞪出来。

"救场如救火,我试试吧!"王老三说完就自顾化妆去了。

"也只能如此了,死马当活马医吧!"大家这才回过神来,纷纷各自忙活起来。

开场锣鼓一响,装扮齐整的王老三"出将"登台。"杨延景怒冲冠,不孝奴才听父言……"一句方才唱罢声振寰宇。"达子腔"!台上台下众人不禁同时惊呼道。这声音清冽甘甜,仿佛银铃碎玉从天倾泻而下。人们只管愣愣地听着,全然忘记了鼓掌和叫好。打鼓师傅把鼓槌举在了头顶,半天都没放下来……

戏演完了,于天贵酒也醒了。

他望着眼前这位神形儒雅俊逸的长者似有所觉。

"您莫非就是……银……银……"

王老三摆了摆手说道:"本想找个有天分的人,把我这点吃饭的本事传给他。唱戏,台下做好人,台上才能做好'角儿'。"

言罢,转身而去。

钢笔

黄克庭

记得十一岁那年，上小学五年级的我还未能用上钢笔。那时全班没有钢笔的只有两个人了。另外那个就是我的同桌，绰号叫"小地主"的。他曾有过钢笔，是他自己弄丢了。

那年暑假，我拣了一大堆桃核，细心地将每个桃核敲碎，取出里面的核仁，晒干后两分钱一斤卖给一位土医生，换回了十一个一分硬币，准备买钢笔。我坚信，我能靠自己的劳动买上一支钢笔。

十一个硬币数来数去数了两天后只剩下十个，我心痛了许多天。后来，我到代销店里，费了许多口舌后用十个硬币换回一张一角的纸币。

我的同桌"小地主"家也并不富有。人家叫他"小地主"，原因是他常讨人嫌，令人厌。那天，与人追跑时，他一脚踩扁了班里"老童生"的一只乒乓球。

如有来生

"老童生"三年内留过两级,个子高,资格老,班里谁都怕他。

尽管乒乓球只是五分钱一只,然而"小地主"却赔不起,结果一连三天挨"老童生"的耳光。第四天,"老童生"对"小地主"说:"再不赔,一天打三顿!打了还要加倍赔!"然而,一个星期过去,"小地主"还是没有赔还乒乓球。

我实在不忍心看下去,可又不敢为他撑腰。左思右想,翻来覆去,最终我作出了一个了不起的决定,用卖桃仁的一角钱买来两只乒乓球,替"小地主"还了债。"小地主"对我很感激,我第一次看到他流下了眼泪。他对我说:"我会还钱的!"一天夜里,朦胧的月光下,"小地主"塞给我一张钞票,说:"今天我家里的猪卖了,爸爸给了我一角钱。"

回到家里,独自躲在昏暗的煤油灯光下,面对纸币,我惊呆了。我手里拿着的明明是一元钱!

一元钱,是我从未拥有过的天文数字。我反复回忆"小地主"还钱时的场面,心里一直在嘀咕:是"小地主"花了眼了吗?"小地主"的爸爸也花了眼了吗?

第二天,我怕见"小地主",装肚子痛没去上学。

钢笔

中午时分,"小地主"跑到家里来看我,问我为什么没有去上学。我见他丝毫没有取钱的意思,悬着的心渐渐放了下来。一个月后,我用"小地主"还回的一元钱,买来了我平生第一支钢笔。每当我用这支来历极不光彩的钢笔写字时,我总是深深地感到愧对"小地主",尽管"小地主"一再声明我是他最最要好的朋友。

那年我二十岁,大学毕业了。我平生第一次领到工资时,第一件事就是给"小地主"汇去二十元钱,同时给他寄去一封信,向他说明当年还我一元钱的事,并真诚地向他道歉,请求得到他的原谅。当我从邮局出来时,我似乎轻松了许多。

很快,我收到了"小地主"的回信和他寄回的二十元钱。信中说,还我一元钱并不是他眼花,那钱也不是他爸给他的,而是他趁他爸换衣服的时候偷来的。为此,他还被他爸揍了一顿,并罚跪了一夜。他爸问他钱哪去了,他说是买饼吃了。信尾,他还是重申,我是他最最要好的唯一的朋友。

朋友,多么神圣而亲切的字眼!然而它又让我羞愧和不安。三十年过去了,我买过许多支钢笔,也遗失了许多支钢笔,然而,一直没有遗失的是我的第一支钢笔。我将永远爱惜它,珍藏它!

猎手

贾平凹

从太白山的北麓往上,越往上树木越密越高,上到山的中腰再往上,树木则越稀越矮。待到大稀大矮的境界,繁衍着狼的族类,也居住了一户猎狼的人家。

这猎手粗脚大手,熟知狼的习性,能准确地把一颗在鞋底蹭亮的弹丸从枪膛射出,声响狼倒。但猎手并不用枪,特制一根铁棍。遇见狼故意对狼扮鬼脸,惹狼暴躁,扬手一棍扫狼腿。狼的腿是麻秆一般。着扫即折,然后拦腰直磕,狼腿软若豆腐,遂瘫卧不起。旋即弯两股树枝吊起狼腿,于狼的吼叫声中趁热剥皮,只要在铜疙瘩一样的狼头上划开口子,拳头伸出去于皮肉之间嘭嘭捶打,一张皮子十分完整。

几年里,矮林中的狼竟被猎杀尽了。

没有狼可猎,猎手突然感到空落。他常常在家喝闷酒,忽然听见一声嚎叫,提棍奔出来,鸟叫风前,花迷野径,远近却无狼迹。这种现象折磨得他白日不能安然喝酒,夜里也似睡非睡,欲睡乍醒。猎手无聊得很。

一日,猎手懒懒地在林子里走,一抬头见前边三棵树旁卧有一狼作寐态,见他便遁。猎手立即扑过去,狼的逃路是没有了,就前爪搭地,后腿拱起,扫帚大尾竖起,尾毛拂动,如一面旗子。猎手一步步向狼走近,眯眼以手招之。狼莫解其意,连吼三声,震得树上落下一层枯叶。猎手将落在肩上的一片叶子拿了,吹吹上边的灰尘,突然一棍击去,倏忽棍又在怀中,狼却卧在那里,一条前腿已经断了。猎手哈哈大笑,以迅雷不及掩耳之势要再磕狼腰,狼狂风般跃起,抱住了猎手,猎手在一生中从未见过这样伤而发疯的恶狼,棍掉在地上,同时一手抓住了一只狼爪,一拳直塞进弯过来要咬手的狼口中。直抵喉咙。人狼就在地上翻滚搏斗,狼口不能合,人手不敢松。眼看滚至崖边,继而从崖头滚落数百米深的崖下去。

猎手在跌落到三十米处时,于崖壁的一块凸石上,惊而发现了一只狼。此狼皮毛焦黄,肚皮丰满,一脑壳桃花瓣。猎手看出这是狼的狼妻。有狼妻就有狼家,原来太白山的狼果然并未绝种。

如有来生

猎手跌落到六十米处，崖壁窝进去有一小小石坪，一只幼狼在那里翻筋斗。这一定是狼的狼子：狼子有一岁吧，已经老长的尾巴，老长的白牙。这恶东西是长子还是老二老三？

猎手在跌落到一百米处时，看见崖壁上有一洞，古藤垂帘中卧一狼，瘦皮包骨，须眉灰白，右眼瞎了，趴聚了一圈蚁虫。不用问这是狼的狼父了。狡猾的老家伙，就是你在传种吗？狼母呢？

猎手跌落到二百米处，看见狼母果然在又一个山洞口。

猎手和狼终于跌落到了崖根，先在斜出的一棵树上，树咔嚓断了，同他们一块坠在一块石上，复弹起来，再落在草地上。猎手感到巨痛，然后脑里一片空白。

猎手醒来的时候，赶忙看那只狼。但没有见到狼，和他一块下来已经摔死的是一个四十余岁的男人。

经典游戏

江岸

第一眼看见柳宗文的时候,我简直不敢相信自己的眼睛。我狠狠揉了揉眼眶,凝视良久,那个越走越近的人,真的是柳宗文。

柳宗文仿佛一下子从地底下冒出来似的,都有好几年没有见到他了。

刚冒出来的柳宗文一副弱不禁风的样子,脸色苍白,瘦削的小脸上突出一双呆滞无神的大眼睛。我立在路边,注视着柳宗文。他一点点走过来,又好像不是在走,似乎是随风随波缓缓飘过来的。

看到柳宗文,我情不自禁地想起那个游戏,那个曾给我们无聊的岁月带来无穷欢乐的游戏。

我和柳宗文是高中同班同学。这个和唐朝大文豪柳宗元名字相差一个字的家伙在学习上也确实是个天才,他的成绩总超出班里第二名一大截。学校要免试

如有来生

推荐他上某重点大学，他不肯。他心中唯一的愿望就是上清华大学，他也确实有这种实力。高考的头两天，他发挥得异常出色，眼见着一条腿已经迈进了令万千考生心动的清华校园。让我们这些差生拍手称快的是，第三天早晨，他赶往考场的路上挨了汽车撞，被送进了医院。

其实，我们也没有歹毒到如此嫉恨柳宗文的地步。本来，他好他的，我们差我们的，井水不犯河水。可不幸的是，我们都是在同一条胡同里长大的，彼此的父母熟得要命。这样，我们就不得不经常挨骂受气了，柳宗文俨然是我们受尽委屈的催化剂。父母原本心平气和，只要一见到柳宗文，回来对我们劈头盖脸就是一通臭骂，让我们恨柳宗文恨得牙根儿痒痒。柳宗文不可能不知道这些，他没有一点歉疚之意，反而越来越疏远我们，最后不理我们了，甚至在狭路相逢时眼角余光也不再扫我们一下。柳宗文能不招忌吗？

从医院里出来，柳宗文就神经失常了。他变得不认识人了，逮谁问谁：我的录取通知书到了吗？我的录取通知书到了吗？不厌其烦地一遍遍问。当然，也落了榜的我们在街上闲逛，经常看到柳宗文上演这一幕。我们找到一张白纸，写上"柳宗文同学，你已被我校计算机系录取，务于某月某日报到"的字样，署上清华大学，递给他。他接过去，看一看，旋即跳起来，粗声嚷道：我考上了，我考上清华大学了。他一边跳着，一边喊着，突然，高举着白纸，箭一般射出围观的人群，一溜烟儿地往家里跑去。

我们大笑起来：范进中举了，范进中举了！

我们曾在各种各样的纸头上代表清华大学给柳宗文填写过入学通知书，柳宗文无一例外大喜过望地接过去，欢叫着跑回家。后来，即使纸上不写任何字，也照样引逗得柳宗文大呼小叫地闹腾起来。

这真是一个老也玩不厌的游戏。

不知是哪一天，柳宗文像是从地球上消失了一样不再露面。我们都感到生活缺了点什么，深深的失落藏在大家心头，历久不散。

今天，真是太阳打西边出来了，我碰到了柳宗文。

我迅速搜寻衣兜，想找点纸，可是只有一团卫生纸。我只得抖开皱巴巴的卫生纸，强忍着笑，递给柳宗文。可是，柳宗文不接。他竟然不接。

我抬起头，意外地看着他说：快点，大学录取通知书，清华的。

柳宗文直勾勾地盯着我，吃力地说：我妈不让我答理你们,说我患病时你们欺负我,开始我还不信呢,没想到是真的。

  我猛地有了被人当众剥光衣服的感觉,愣了好一会儿没挪窝。一阵阵秋风哗啦啦吹过,我忽然打了一个哆嗦。

突然绽放的乌饭花

蒋静波

我们这里的山冈上长着一种低矮的树,每年立夏,家家户户都会去采来它的嫩叶,把它捣成汁,可以煮出喷喷香的乌米饭来,我们叫它为乌饭树。孩子们尤其喜欢吃乌米饭。大人说,吃了乌米饭,头发乌黑发亮,臭虫不咬,蚊子不叮。要是有人不信,大人会说,你看,乌婆婆七十多岁了,头发还那么黑,那么密,跟大姑娘小媳妇一样。

对了,人家的院子是花园、菜园,住我家对面的乌婆婆,院子里却长满了别人家没有的乌饭树。听人说,这是乌婆婆以前专门请人从山上掘来种下的。

许多年了,每年立夏前后,从乌饭树生出嫩叶到开出花老去的那段日子里,她天天烧乌米饭,我们就习惯了叫她乌婆婆。

傍晚时分,乌婆婆家又飘出了浓浓的草木香。

如有来生

我深深吸一口香味，说，妈妈，我们什么时候煮乌米饭呀？

妈妈说，立夏才吃过就忘啦？

我当然没有忘。那一天，妈妈在乌米饭上洒了糖水，又香，又甜，又糯，我连吃三碗，还嫌不够。

我问妈妈，为什么我家每年只做一次乌米饭，而乌婆婆天天煮乌米饭？

妈妈说，去山上摘叶就要老半天，哪有那么多空？

那我们家为什么不像乌婆婆那样在院子里种上乌饭树？

傻瓜！妈妈说了一句，径自做事去了。我也想不明白我傻在哪里。

我被香气引到乌婆婆的院门前。门一推，就开了。这里的院门，都不安锁。

乌婆婆正蹲在石臼边，用木槌捣着红色的乌饭树嫩芽。

阿波，进来吧。乌婆婆抬头看到我，直了直镰刀一样弯曲的身子。

平时，乌婆婆对乌饭树管得可牢了。要是她发现树叶被人摘了，哪怕是只摘去了几片，她也会从村头到村尾，沿路叫骂。几次下来，再没人敢碰她的乌饭

突然绽放的乌饭花

树。即使有人偷摘了树叶,也没胆量用它做饭,那乌米饭香可是掩不住的。好些人绕着道,尽量不从那个院子前经过。邻里之间,人们喜欢把自家做的点心和小菜端来端去共享,可乌婆婆从来没让人品尝过一口她做的乌米饭。

乌婆婆对我笑一笑,说,想跟婆婆学做乌米饭?

我点点头。

她往石臼里掺水,搅拌,将装在布兜里的米浸入,说,简单,在乌饭叶汁中浸上半天,白米染成了青米,就能煮乌米饭啦。

乌婆婆说完,用蜗牛一般慢、羽毛一般轻的脚步,在一蓬蓬的乌饭树间,转来转去,念念有词:不是喜欢吃吗,为什么总不来吃,喜欢吃就来吃……

乌婆婆真怪。

有一次,我听见妈妈问,为什么乌婆婆每天晚上在窗台上放一碗乌米饭?

爹爹说,她丈夫临死前,想吃一口乌米饭,她奔到山上摘来叶子,又好不容易借到一碗米,还来不及烧,丈夫就走了。

真的吗?天一暗,我就迫不及待地溜进乌婆婆的院子。乌婆婆睡得早,不用担心遇到她。

如有来生

　　皎洁的月光下，窗台上白瓷碗里的乌米饭，泛着宝石般紫红的暗光。我轻轻端起它，乌米饭还有余温，香气直钻鼻孔。我顾不得许多，将乌米饭吃了个精光。

　　逃回家后，我害羞又害怕：乌婆婆会不会怀疑到我？会怎样骂我？……

　　真奇怪，第二天，我并没有听见乌婆婆的叫骂声。经过乌婆婆院门口，我看见乌婆婆一边摘乌饭树叶，一边还哼着什么曲儿。

　　我正想逃开，听到乌婆婆叫我进去，心怦怦乱跳。

　　我第一次看见，乌婆婆的黑发上，别着一支好看的玉簪。石臼边，放着好几篮乌饭树叶。我望望乌饭树，嫩叶几乎都摘光了。

　　乌婆婆说：阿波，帮婆婆择树叶。

　　我正惊讶着，乌婆婆捧起一把叶子，绕口令似的，自言自语：一切都没变，喜欢吃就来吃，多吃点好解馋……

　　我先红着脸，后听得云里雾里，怯怯地问：婆婆要做好多的乌米饭吗？

　　没错。乌婆婆神秘一笑，当太阳照到最后一排乌饭树后，你将村里的小朋友都叫来，我给他们吃乌米饭。

　　咦，乌婆婆今天怎么啦？

突然绽放的乌饭花

这一天，乌婆婆家里飘出的乌米饭香，比任何时候都浓。我拖着、拉着一大群小伙伴，走进了乌婆婆的家。

两张桌子上，一碗碗乌米饭早已排好了长长的队伍，中间还有鱼、肉、蛋平常难以见到的好菜。夕阳的余光，透过窗户，给每一只碗镶上了一层金边。

小伙伴们渐渐忘掉腼腆，伸着手，张着嘴，发出吧嗒、吧嗒的咀嚼声。

别急，锅里还有，有的吃。乌婆婆不停地笑着，替我们盛饭，仿佛想把平常欠我们的一下子还给我们。

原本冷清的院子里，这时候，突然成了村里最热闹的地方。

乌婆婆说，如果有一天，乌饭树被掘起来了，你们可以将树拿到自家的院子里种。

第二天，一大群戴白布帽子的人进进出出。我奔进院子，没有见到乌婆婆的身影。所有的乌饭树早已连根掘起，几个小伙伴正抱着树回家。我突然发现，那些乌饭树绽放出了朵朵白色小花，像一只只盛乌米饭的白瓷碗，发着香。

一只灯泡

冷江

没有谁知道作为一个单身母亲,在丢失相依为命的儿子后,一万多个日日夜夜,她是怎么过来的。

如今,儿子就在身边,触手可及,她却让全场观众都看不懂了。她既没有抱着儿子号啕大哭,也没有拽着儿子嘘寒问暖。

母亲只是那么定定地看着儿子,眼睛里充满了一团雾。

当主持人提问:"儿子马上就要和您一起回家了,您希望儿子有怎样的将来?"

母亲的眼睛一刻没离开儿子,平静地说:"他有手有脚,他会有自己的人生。"

主持人又问:"您今天没有大家想象的那么激动,是有什么特别的原因吗?"

母亲笑了笑说:"没有什么特别的原因,我只想给儿子一个最自然的母亲。"

主持人继续问："今天您是不是给儿子带来了礼物？"

母亲这时才如梦初醒，她颤抖着双手，从一个黑色小挎包里拿出一样东西。这是一个普通的灯泡。

母亲将灯泡举到儿子面前，儿子惊愕地看着灯泡。

全场鸦雀无声。

母亲轻轻问儿子："还记得那天吗？你打碎了学校的灯泡，校长要罚你，回家你跟我大吵了一架，就独自跑了出去，等我追出去你已经……你知道吗？你走那天，我就买了个一模一样的，妈妈和你一起把这个灯泡给学校送回去，好吗？"

儿子看着灯泡，又看着面前才五十来岁，却已白发苍苍的母亲，眼里的泪水终于夺眶而出。

马兰花

李德霞

大清早，马兰花从蔬菜批发市场接了满满一车菜回来。车子还没停稳，邻摊卖水果的三孬就凑过来说："兰花姐，卖咸菜的麻婶出事了……"

马兰花一惊："出啥事啦？"

三孬说："前天晚上，麻婶收摊回家后，突发脑溢血，幸亏被邻居发现，送到医院里……听说现在还在抢救呢。"

马兰花想起来了，难怪昨天就没看见麻婶摆摊卖咸菜。三孬又说："前天上午麻婶接咸菜钱不够，不是借了你六百块钱吗？听说麻婶的女儿从上海赶过来了，你最好还是抽空跟她说说去……"

整整一个上午，马兰花都提不起精神来，不时地瞅着菜摊旁边的那块空地发呆。以前，麻婶就在那里摆摊卖咸菜，不忙的时候，就和马兰花说说话，聊聊天。有时买菜的人多，马兰花忙不过来，不用招呼，麻婶就会主动过来帮个忙……

中午，跑出租车的男人进了菜摊。马兰花就把麻婶的事跟男人说了。男人说："我开车陪你去趟医院吧。一来看看麻婶，二来把麻婶借钱的事跟她女儿说说，免得日后有麻烦。"

马兰花就从三孬的水果摊上买了一大兜水果，坐着男人的车去了医院。

麻婶已转入重症监护室里，还没有脱离生命危险。门口的长椅上，麻婶的女儿哭得眼泪一把、鼻涕一把。马兰花安慰了一番，放下水果就出了医院。男人撵上来，不满地对马兰花说："我碰你好几次，你咋不提麻婶借钱的事？"

马兰花说："你也不看看，这是提钱的时候吗？"

男人急了："你现在不提，万一麻婶救不过来，你找谁要去？"

马兰花火了："你咋尽往坏处想啊？你就肯定麻婶救不过来？你就肯定人家会赖咱那六百块钱？啥人啊？"

男人铁青了脸，怒气冲冲地上了车。一路上，男人把车开得飞快。

如有来生

第二天，有消息传来，麻婶没能救过来，前一天下午死在了医院里。麻婶的女儿火化了麻婶，带着骨灰连夜飞回了上海……

男人知道后，特意赶过来，冲着马兰花吼："钱呢？麻婶的女儿还你了吗？老子就没见过你这么傻的女人！"

男人出门时，一脚踢翻一只菜篓子，红艳艳的西红柿滚了一地。

马兰花的眼泪在眼眶里打转转。

从此，男人耿耿于怀，有事没事就把六百块钱的事挂在嘴边。马兰花只当没听见。一天，正吃着饭，男人又拿六百块钱说事了。男人说："咱都进城好几年了，住的房子还是租来的。你倒好，拿六百块钱打了水漂儿……"

马兰花终于憋不住了，眼里含着泪说："你有完没完？不就六百块钱吗？是个命……就当麻婶是我干妈，我孝敬了干妈，成了吧？"

男人一撂碗，拂袖而去，把屋门摔得山响。

日子水一样流淌。转眼，一个月过去。

这天，马兰花卖完菜回到家。一进门，就看见男人系着围裙，做了香喷喷的一桌饭菜。马兰花呆了，诧异地说:"日头从西边出来啦?"

上小学二年级的女儿嘴快,说:"妈妈,是有位阿姨给你寄来了钱和信……爸爸高兴,说是要犒劳你的……"

马兰花看着男人说:"到底咋回事?"

男人挠挠头,嘿嘿一笑说:"是麻婶的女儿从上海寄来的。"

"信里都说了些啥?"

男人从抽屉里取出一张汇款单和一封信,说:"你自己看嘛。"

马兰花接过信,就着灯光看起来:

> 兰花姐,实在是对不起了。母亲去世后,我没来得及整理她的东西,就大包小包地运回上海。前几天,清理母亲的遗物时,我意外地发现了一个小本本,上面记着她借你六百块钱的事,还有借钱的日期。根据时间推断,我敢肯定,母亲没有还过这笔钱。
>
> 本来,母亲在医院时,你还送了一兜水果过来,可你就是没提母亲借钱的事……还好,我曾经和母亲到你家串过门,记着地

址,不然,麻烦可就大了。汇去一千元,多出的四百块算是对大姐的一点补偿吧……还有一事,我听母亲说过,大姐一家住的那房子还是租来的。母亲走了,房子我用不上,一时半会儿也卖不了,大姐如果不嫌弃,就搬过去住吧,就当帮我看房子了……钥匙我随后寄去……

马兰花读着信,读出满眼的泪水……

坐床

李建

从前,在古镇上有两户人家,关系很好。两家的孩子恰好是一男一女,大人就给他们定了娃娃亲。

两个孩子到了十八岁,大人们便给孩子张罗起婚事来。

这两个孩子的性格截然相反:男孩小光内向老实,从小只会读书学习;女孩小花外向泼辣,十里八乡远近闻名。

虽然小光和小花青梅竹马,彼此都很熟悉,在学习上、生活中,也很照顾对方,但夫妻生活毕竟不同于少年玩伴。这两个孩子毕竟还年轻,结婚之后,还能和睦相处、彼此以礼相待吗?

两家大人为这都有些担忧。

在双方父母商量如何为两个孩子操办婚礼时,他们在一个传统礼仪上产生了分歧。

如有来生

原来，在江南水乡，新郎新娘被送入洞房后，首先要"坐床"，当地人又称为"坐富贵"。

小光的父母不是本地人，他们说，按他们村的老规矩，新郎新娘谁先坐下，将来老了谁就会先死。

小花的父母则是古镇本地人，他们听后，连忙摇头说，他们镇上的老规矩不是这样，是新郎新娘谁先坐下，婚后就不受欺负；后坐下的人，则要被管一辈子。

究竟按哪个规矩办？两家人都有些拿不准主意。

"定这个规矩的人可真是太可恶了，这不是一开始就在为夫妻俩今后不和埋下了种子吗？"小光爸气愤地说道。

小光妈见状急忙劝解："呸，呸，呸！你不要胡说八道，这可都是先人定下的老规矩，既然都不想孩子将来受委屈，我们就事先告诉他们，让他们俩一起坐下好了啊！不求同生，但求同死，老祖宗也定下了可以这样坐啊！"

"可是，先人也定下了不准事先告诉子女的规矩啊！"小光爸为难地说道。

小花爸想了一会儿后，不仅没生气，反而笑着说道："谁说坐床先后是为小夫妻俩埋下不和的种子啊！利用得好，这明明就是幸福的种子。本来我还一直担

坐床

心小花将来会欺负你们家小光呢！"

随后，小花爸便将他的想法说了出来，大家听后都开心地哈哈大笑起来。小花爸的想法，的确是一个好办法。

时光荏苒，岁月如梭，一晃六十年过去了，小光变成了白发苍苍的老光，小花变成了老态龙钟的老花。

这六十年，老光和老花，从来没有红过脸拌过嘴。结婚纪念日那天，子女们为二老在五星级酒店举办了一场钻石婚庆典。

酒席上，孙子孙女们问爷爷奶奶，这六十年，经历了种种艰难困苦，是如何做到相濡以沫不离不弃，甚至连架也没吵过一次的。

老花深情地看着老光说："我们那时候结婚，还都是遵照过去的老风俗。新郎新娘在送入洞房后，有一个坐床的环节，我妈对我说，新郎新娘谁先坐下，将来老了谁就会先死。我想如果你们的爷爷不坐下，那我这辈子就要跟他作对到底，可没想到我们俩刚在婚床前站好，他就一屁股先坐下了。我这才知道，他是真心爱我的，甚至舍得为我放弃生命。所以婚后，我处处都让着他，照顾他。"

孙子孙女们听后，纷纷竖起大拇指称赞爷爷真伟

如有来生

大，舍得为爱情赴汤蹈火，放弃生命。

老光虽然已经七十八岁了，但忠厚老实的本性一点儿也没有改，急忙辩解道："什么啊！不是这样的，我爸当年对我说的是，新郎新娘谁先坐下，婚后就不会受欺负，后坐下的人要被先坐下的人管制一辈子。我想你们的奶奶从小就这么凶，如果被她先坐下了，今后那还得了？所以我一进洞房刚站好，还没等掌礼说话就先坐下了。没想到这风俗还挺灵验，结婚后，你们的奶奶就一直被我管着。"

孙子孙女们听后，和父母们一起哄堂大笑，爷爷奶奶相亲相爱六十年，原来竟源于双方父母把两个村的规矩故意说反。

笑完之后，孩子们疑惑地问道："结婚六十年？难道你们就一直都被蒙在鼓里，不知道事情的真相？"

老光笑着说："后来破除封建迷信，这些旧风俗就渐渐消失了，现在也没几个人知道了。"老花紧握着老光饱经风霜的手热泪盈眶，说："是啊！在一起风风雨雨六十年了，知道，不知道，又有什么关系呢？"

老光和老花打心里感激父母欺骗了他们，利用坐床的老风俗，为他们这六十年的婚姻生活，埋下了一颗幸福的种子。

玉碗金莲

厉周吉

俗话说"有钱难买金镶玉"。纯手工金镶玉制作工艺精细复杂,会这种技艺的多在宫中,乾隆皇帝甚至规定金镶玉为宫中独有。清代末期,皇族没落,金镶玉技艺也近乎失传。

莒东冯家有一金镶玉制作世家,其技艺世代相传,至今已有二百多年。

据说冯家祖上曾在宫内制作金镶玉,离开皇宫后,一直淡泊名利,低调处世,技艺虽世代相传,却鲜为人知。

至冯淳这一代,制作技艺已炉火纯青,但对他来说,制作金镶玉只能算业余爱好,在世人眼里,他就是从土里刨食的地道农民。

冯淳制作金镶玉很用心,作品多有一种超凡脱俗的美。当地很多名流都渴望拥有冯淳制作的金镶玉,

如有来生

无奈他的作品甚少，再加上其为人怪异，多数人难以如愿以偿。冯淳这样，世人多有微词，然而他照旧我行我素。

莒地历史悠久，民间多有老物件流传。这日，好友老孙拿来一只玉碗，这碗做工精细，造型古雅，美中不足的是里面有两处碰伤，碗口处有一半指甲盖大小的破损，下面连着一道差点到达碗底的裂纹。

冯淳拿到玉碗后先是感慨一番，然后慢慢斟酌镶嵌方案。冯淳知道，修好了，玉碗的价值甚至会超过从前，修不好，这碗就彻底毁掉。因为自己对这种玉的硬度把握不准，在开槽与嵌入金丝等环节都可能把玉碗弄坏。

为了修复玉碗，冯淳用了一个多月的时间，前十多天他一直在把玩琢磨，中间十多天又在思考所用图案，最后十几天，他一直在仔细镶嵌、处理。

当老孙再次见到玉碗后，顿时惊呆，碗里有两条栩栩如生的金鱼，从碗侧生出一枝莲花，花朵含苞欲放，正好盖住了玉碗的破损之处。因做工精细，图案生动逼真，一般人难以看出这碗曾是件残品。

一年后，冯淳突然接到了获奖通知，他这才知道"玉碗金莲"获市文艺奖民间艺术类唯一的一等奖。

这时他才想起来，此前老孙和儿子都曾劝其报名参加评选，他却拒绝了。拿这件作品报名是老孙和儿子一起商定的。

冯淳获奖后声名鹊起，前来求他镶嵌玉器的人与日俱增，有些人甚至故意把玉器弄坏了来找他修补。

冯淳哪有这么多的精力，他只能拒绝。越拒绝，人家越求他。至于求他的手段，可谓无所不用其极，有天天待在他的家门口企图让他感动的，有从他的家人身上做工作以求曲线救国的，有财大气粗表示要多少钱随便的……当然，也有不少人打算买冯淳已经制好的物品，可是除了一些小物件，上档次的大作品，他一件都不舍得卖。

这日邻居笑问冯淳，面对发财机会，他何以能如此淡定。冯淳淡淡地说："制作金镶玉，玩的是金玉，最大的忌讳就是掉进钱眼里。那样，就不是人玩金玉，而是人被金玉所玩了！"

其后，几件难事让老冯一筹莫展。一是近三十岁的儿子因为没在城里买房而一直没找到媳妇，二是岳父因冠心病住院自己却没钱帮助治疗，三是村里就要进行旧村改造，冯淳家至少需要投入二十万才能购入改造后的楼房……

如有来生

因为一直拒绝沾染铜臭,冯淳家有限的收入只能维持日常生计,几乎没有盈余。面对困境,冯淳颇感迷茫。

有无数人找老孙求购"玉碗金莲",老孙一开始坚决拒绝,最后还是悄悄卖掉了,据说卖了三十多万。后来冯淳才知道玉碗是老孙花两千元从古玩市场上淘来的。要不是经过镶嵌,两千元怕已经是最高价位了。冯淳心里颇感不平。

这年下半年,冯淳一直深居简出。有一个多月时间,干脆闭门谢客,即便与家人也很少交流,多数时间独自待在制作间,谁也不知道他到底在干什么。

这天,冯淳突然向家人宣布了一项重大决定,那就是筹钱在县城繁华地段开一家金店,经营金玉制品,并同时承揽定制各种金镶玉。

"冯家金店"开业之际,前来祝贺者络绎不绝。老孙带来一个神秘的礼盒,冯淳打开后顿时惊呆。

"你不是早把这宝贝出手了吗?"冯淳惊问。

"是有无数人打算买,可我能卖吗?即便卖,那也得你卖呀!买这碗时,我就打算送给你!至于以前为什么故意说卖掉了,那可得靠你自己琢磨!"说这话时,老孙笑得高深莫测。

冯淳定定地看了老孙好一会儿后脸色大变,继而朝老孙深深地作了一个揖,老孙也急忙作揖回礼。那时,人们看见两位老人的眼里都有泪光闪动。

一场道听途说的往事

林特特

我在天通苑西打的车，司机女，皮肤黑，细眉细眼，烫过的头发绑成马尾，非常健谈。堵车时，已和我聊完三代。

车行至龙德广场，我们在红灯前停住，的姐忽然不说话了。她摇下车窗，脸冲马路那边发愣。后面的车主按着喇叭，对她喊："干吗呢！"过了一会儿，她冲刚才发愣的方向努努嘴，又对我打开话匣子："红灯那儿过去一个人，我还以为是我妹的前男友。"

"你妹的前男友？"我惊讶，上上下下打量她，"瞅年纪，您有四十五？"我故意小说几岁。

"哪里，五十多喽，"的姐如实答，"我，六〇后。"

"那你妹妹想必小不了您几岁，是她三十年前的前男友吧？你还认得出？"我疑惑。

"怎么会认不出呢？"的姐紧握方向盘，目光聚焦前方,"说个故事给你听。"

三十年前的"前男友",姓马,人唤"小马"。三十年前,小马二十岁,和的姐妹妹同龄。两人是发小,一条胡同长大,一直同班,成绩烂成一条水平线,中学毕业后,分别招工进了纺织厂和钢厂。他们二十岁时,的姐二十三。影影绰绰地早恋若干年,正正式式地出双入对整一年,出事了。

"出什么事?"我按常理猜,"怀孕?"

"宫外孕。"的姐叹口气。

二十一岁的妹妹昏倒在纺织厂车间,大出血,她的工服,红了两条裤管。等小马跪在病床前,妹妹还在昏迷中,他握着妹妹的手忏悔,的姐哭着拦住大哥雨点般落下的拳头。隔了三十年,的姐仍咋舌:"就这样,我哥也把他揍成了猪头!"

那天,小马就顶着一颗猪头,对妹妹的亲人们,包括的姐,磕头如捣蒜,发誓一辈子对妹妹好,非她不娶。

妹妹醒来,张口第一句话:"你们别怪小马。"事已至此,只能顺其自然。出院后,小马的妈妈伺候妹妹的小月子。小马不上班时,都在妹妹那儿。

"后来呢?"我着急听结局。

如有来生

"后来,我妹身体好了,又过了一年,两家人开始给他们筹备婚礼。众人齐心合力,将摆在院子的新家具挪进房间,小屋满满当当,只差带电的。"

"带电的?"

"对,彩电、冰箱、洗衣机,还有录音机。"

那是20世纪90年代,一个钢厂的青年工人,靠工资,按市价,集齐它们,可望而不可即。

小马抓耳挠腮之际,帮打家具的一个哥们儿带来"好消息",朋友的朋友的朋友有批货便宜出。小马将四大件拉回家时,妹妹去胡同口接,两人亲亲热热。遇见街坊邻居,他们就边推着四大件,边喊:"婚礼那天全来噢!"

"他们结婚了?"我也感染了喜气。

"那就不是前男友,是前夫喽!"的姐幽幽拖长了音。

那批货,四大件只要一大件的钱。事后证明,是一批赃物,团伙作案,负责销赃的,正是小马的哥们儿。小马没参与作案,可购买赃物的事实在,小马没法自证清白,他和四大件被一齐带走,警笛呼啸,胡同口围观的人挤得水泄不通。

一判就是十五年,婚礼没有举行,连结婚证都没来得及领。

"幸好没领。"

"你妹呢？"

"我妹等了几年，小马的妈等死了，是我妹料理的后事。后来，我妹年纪看着大了，我们都说，别等了。再后来，我妈生病，医院下病危通知书，手术前，我哥签字，对我妹说，你要是孝顺，就该干吗干吗，让妈活着能看到你成家立业……我妹三十才结婚，做了三次试管，才要上孩子，宫外孕的后遗症。"

"小马呢？"

"表现好，没到十五年就放出来了，他没回胡同，听说去南边跟人做服装生意，又说去国外打过工，消息都是老街坊给的。"

"你妹就再没见过小马？"

"到了，请带好随身物品。"的姐靠路边停，踩着刹车。

"你妹就再也没见过小马？"我不想下车。

她深深吸一口："上个月，我在今天你打车的地方附近下车，去超市买水果。路过肉摊，想起晚上要给儿子包饺子。那师傅挺胖的，也不作声，默默剁好，装进袋子，把袋子带儿递给我时，喊了我一声'大姐'。我一看，这不小马吗？"

"你和他相认没？"我问。

"认了，他问，都挺好的？我说，挺好。他说，丽丽也挺好？我说，好着呢。结婚了，孩子高二，有两套房。他说，那就好。"

"你妹知道吗？"

"知道，我回去就告诉我妹了，第二天和她一起再去那超市，经理说，马师傅昨天已经辞职。"

"什么？"我惊诧，继而叹息，"也许他不想你妹再见到他现在的样子。"

"从超市出来，我妹坐在马路牙子上捧着脑袋哭，她说，是她害了小马，她该等他的，她就想当面告诉他这句话。"的姐说。

我蓦地想起什么："所以，你最近都在那条路载客？想为你妹找到前男友？"

的姐没回答，阳光刺眼，从车前窗直射到我们脸上。她掰下前视镜想挡住阳光，收手时，却忽然抽泣起来。我们沉默几分钟，她戴上墨镜，遮住红肿的眼睛，声音哽咽，极力保持镇定："请带好随身物品。"

"谢谢。"我说。

我缓缓解开安全带，特意看了一眼前排的司机证件，是的姐的照片，她姓"梁"，名"小丽"。

我下车了，走出一百米，回头看，那辆车还在，路况良好，完全不堵，不知道为什么，她一直没有前行。

也许，只是她们姐妹的名字相近。

一只流浪狗

刘奔海

那是去年寒冬的一个傍晚,我下班走在回家的路上,忽然路旁的林荫带里跑出一只脏兮兮的小狗来,它对我摇着尾巴,像是遇见了久别的朋友。我刚想赶走它,却猛然发现这只小狗似曾相识,便蹲下身来仔细地察看,深信它就是一年前曾在我家待过几天的那只小狗。

那只小狗是朋友当时送给我的,他说家里的狗生了一窝小狗,家里成了动物世界,非要让我抓一只小狗去养,他还说,你如果不想养了扔掉也行。他只是不愿意自己扔掉罢了,或者觉得我如果养了也不会扔掉。

小狗来到了我家,还不到一尺长,走路也常会摔倒,憨态可掬。可妻子却一脸的不悦,她爱干净,不喜欢家里小狗小猫呀到处乱跑。小狗在我家只待了几天便又被她送人了。我虽然只和小狗相处了几天的时光，也和它产生了感情，我用手机给它拍了好多照片，没事时常打开手机翻看狗狗的照片……

现在，那只小狗成了这只老小狗了，体态也臃肿了，肚皮都快拖到地上，但毛色花纹还是没有多大变化，特别是头上一处很特别的花纹斑点让我确认它一定就是我家的那只小狗，它一定是又被它的新主人遗弃了（或者已先后被几家新主人遗弃了），成了一只流浪狗。

小狗围着我转，还想往我身上蹭，我惊喜过后便是伤感，像是久别重逢一位落难的朋友。看着这只可怜的小狗，我真不知该怎么办。叹息了片刻，我决定还是赶快离开它，任它流浪去，我能收留它吗？可我刚转身离开，小狗竟机灵地跟在我身后，寸步不离。

我想呵斥它离开，可又于心不忍，只好让它跟着，在心里却思索琢磨着该如何摆脱它的跟随。我茫无目的地在大街上转，寻找着一切可以甩开它的机会。天已完全黑了下来，街上的路灯全亮了，我也累得不想再走了，回头看看小狗，仍紧紧跟在我身后，一双渴盼又迷惑的眼睛瞅着我，似乎想问，主人呀，你要带我去哪里？我心一软，哎，算了吧，就让它跟我回家吧。我一边往家走，一边想着回家后该如何向妻子交

如有来生

代,让妻子再次收留这只可怜的小狗。

终于走到了家门口,妻子看到我身后跟着一只脏兮兮的流浪狗,刚想责问我,我便赶忙向她解释,讲我的奇遇。小狗胆怯地瞅着我和妻子,那种凄楚的眼神使妻子也生了怜悯之心,苦笑着说,这只小狗还真跟我们有缘,便也只好收留了这只流浪狗。但是,妻子说不能让狗在家里乱跑。我们在客厅外面的阳台上放了一个大纸箱子,算是给这只小狗安了一个家。

谁想到,几天后这只小狗竟产下了三只狗宝宝,我们一家惊喜不已。看着那一窝可爱的狗宝宝,我忽然想到这只流浪狗母亲一定是想给将要出生的宝宝找个安稳的家,偶遇我才一定要跟我来到家里的。

我把我的这只流浪狗的故事说给几个朋友听,朋友们都很感动,但也有人产生了疑问,说刚出生不久的小狗我只养了几天,都相隔一年了,怎么会还能认出我?我也很是不解。也许小狗对只当了它几天主人的我早就没有了印记,它看到谁都渴望被收留,只是遇到了太多的呵斥和踢赶,只有我,不忍心再次丢弃它才把它带回家罢了;或者也许,它根本就不是我的那只小狗。

挂鸟

刘泷

夜雪下得从容，小山村像铺展开的宣纸，收拢了一地的梅花。

老两口起得早，她做饭，他扫雪，有一句没一句地说话。

山沟袖珍，叫凤翅坡。别人都搬走了，自家孩子去了城里，一条沟仅剩老两口。

他叫她"老伴"，她叫他"当家的"。这么多年，习惯了。

见他扫雪呢，她嗔道："当家的，咋忘了自己的营业？"

"是呢！"他拍下额头，扔下扫帚，碎步跑到沟里去。

沟里场院边一块向阳的坡地上，有两片像渔网那样的挂鸟网。鸟网的线绳为土褐色，挂在两根坚硬的檩条上，张网以待。当然，人撞上无所谓，鸟撞上肯定走不了啦。

他养成了习惯，每天一早要跑到这里。他不是捉鸟，而是给鸟放生的。

唉，孩子拴的网，老人不好违拗，只好出此下策。

腊八那天，城里的闺女和姑爷回了。姑爷老大不小了，但孩子气不减，开车拉鸟网，要挂鸟。而且，居然当天真有两只呆头呆脑的山鸡挂在了网上。

傍晚，姑爷把缚住双腿的山鸡扔进汽车后备厢，说去城里送礼。行前，姑爷嘱咐："爸，妈，精心些，有飞鸟挂网，就给我们攒着啊。"

也是，这个地方偏，林草茂密，那些鸟，什么喜鹊、啄木鸟、布谷鸟、山鸡、斑鸠、野鸽子、蜡嘴、金翅、红嘴蓝尾鹊，很多，不时在天空和林间飞过，花花绿绿的，很迷幻，很热闹。

自打有了那两片网，好像电视上说的百慕大三角，飞机呀船呀到那里就失踪了。鸟呢，到这里也仿佛航船遇到了礁石，搁浅了。几乎，每天都有一两只鸟倒挂在网上，挣扎。

第一次，是只野鸽子挂在了上面。老两口抓住它，曾有过一番犹豫。毕竟，鸽子的香味还保留在舌尖上。

挂鸟

几番思忖后,他说:"老伴,你看呢?"

她说:"当家的,我看,那什么,放了吧。一个带翅儿的不会说话的物儿,好歹是条命呢?"

二人把那鸽子放了。鸽子仓皇地钻入云层里。

之后,习惯成自然。每天早起,到网前巡视一番,即使抓到味美的野鸭子,他也是轻轻地拍下它的翅膀,放飞。

一些大鸟都是鸡叫时分出窝活动,这时候天还很朦胧,星星也很迷离,鸟们最容易挂网。这就逼着他早起。第一遍鸡叫,他就站在网前,一是防止鸟挂,一是防止野猫呀山狸子呀对挂网的鸟儿下口。

那天,他从网上抓起了一只难得一见的八哥。这八哥毛色漆黑,额冠前耸起一撮儿俏皮的黑毛,瞪视着一双橙红色的眼睛,竟然人似的无奈地叹着气。八哥因逃命心切,过分扑腾,一只翅膀受伤,像折损的伞翼,耷拉着,并涔涔流血,染湿了羽毛。

他把八哥捧回家,把它伤口抹上药面,把整个翅膀和身体包扎在一起,将养起。

一个星期后,八哥痊愈,放它飞去,竟悬在半空振翅,对他喊:"好!好!"

他说:"怪,它不走了!"

她说：“当家的，这鸟儿挺招人稀罕，会说好呢，留下给咱做伴儿吧？”

小年那天，老两口又是蒸年糕，又是蒸豆包，忙昏了头。晚上，顾不得封好煤炉，就睡下了。岂料，半夜时分，二人中煤熏了。胸闷，憋气。她爬起，却栽倒了。他呢，要爬到地上去开门，竟摔到了地面，动弹不得。八哥急了，飞到她身边，喊："好！好！"又飞到他身边，喊："好！好！"见两个人没有动静，它飞起，满屋子转。好在，有一孔窗户是用报纸糊的。八哥便一头、一头去撞那窗户的报纸。报纸开裂了，一股风刮进，八哥也奄奄一息蜷缩在地面。

后半夜，老两口醒过来。望着窗棱上凌乱的八哥羽毛，他说："哎呀，是八哥救了咱！"

此后，虽然一直虚弱，但他依旧拄着棍子去给找死的鸟儿放生。

初一一大早，姑爷开着车回了。姑爷把汽车径直开到鸟网前，摘下了三只悬挂的沙鸡。姑爷跑进家门，炫耀地说："宁吃飞禽一口，不吃走兽半斤，今天就让这沙鸡当过年的下酒菜！"

姑爷又满屋转了转，问："怎么，一个腊月，你二老没有攒下几只飞鸟？"

他说:"攒什么攒,你们嘴馋,我们嘴就不馋吗?吃了!"

中午,炖好的沙鸡端上餐桌,闺女和姑爷吃了几块,连喊好香。又问:"爸,妈,你们怎么不吃?"

见老伴转过脸去寻找八哥,他咽口唾沫,说:"我们过年吃素!"

八哥瑟缩在窗台上,噤若寒蝉。

他抓过它,走出屋去。一抖手,那八哥竟然头也不回地飞走了。

认养

刘向阳

我只给一个人写过诗,她那圆圆的脸蛋,弯弯的眉毛,乌黑的眼睛,让我诗如泉涌,即便时过境迁,记不起诗的内容了,但肯定写过,这是真的!

你会写诗?村头槐树下爆发出阵阵笑声,夹杂着些许讽刺。槐树开枝散叶,像一把巨伞,笼罩着饭后闲聊的人们。我习惯了这种并无恶意的嘲笑,反拱着手朝河边走。咚嚓嚓——身后音乐响起,人们开始跳舞了。

山上半轮秋月,小河缭绕村道,两岸水稻丰收在望。路灯次第绽放,村舍楼宇亮堂,隐约的鼓点,澄明的夜空,几个孩童追逐嬉戏……

我年轻时爱好写诗,当过学校诗社社长,得过几次奖,发表过一些"豆腐块"。每次提起这些往事,她总爱睁着一双大眼睛,水水地看着我,然后抱住我脖子亲几口，咯咯地笑着跑开了。刹那间，电光石火般的灵感驱使我立马找来纸笔，伏案写诗。

碧蝉，亲爱的宝贝，这是我给你写的诗，我要读给你听！我捧着诗作跑出堂屋，里面传出我娘的咳嗽声、吐痰声。我娘药罐子喂着，对碧蝉总是一脸笑容，从不指责，也很少叫她干活。我娘死时碧蝉不在身边，她念着"碧蝉"的名字，带着遗憾离开了人世。每年春节、清明，我给娘上坟烧纸钱，灰飞烟灭，天空澄清，忍不住伤心落泪。

村子偏僻落后，青壮年远走他乡，唯我年复一年地守着故土，流转于别人抛荒的田地。随着年龄的增长，力气远不如从前，腿脚也不听使唤了，我该"退休"了。但我不能"退休"，继续在田间地头逡巡，同时请小孙帮忙打理，从种子到销售都由他负责。小孙大学毕业，我给他开工资，他喊我"田老板"，喊得我美滋滋的。

月色如纱，槐树下人群散去，各归各家。我走近左侧的稻田，田埂光洁平坦，田边竖了一块牌子，写着"礼武的认养田"等字样。这块田可不一般，意义非凡。小孙脑瓜子灵泛，与时俱进，在抖音平台发布了"认养一亩田"的消息，众多粉丝争相要当"农场主"，礼武最终脱颖而出，成功定制。他们通过微信洽谈，签订了合同——礼武认养这亩地，提前选定品种、种植方式以及大米的价格、包装、配送等。我不懂电脑，手机也是老人机，一切由小孙做主。

有一天我生病了，小孙背我上车送医院，我说我不去，人老毛病多，躺一躺，吃点药就会好。小孙拗不过我，叹口气说，大伯一个人生活，怎么不去养老院享福啊？好歹有人照顾，万一……

我有女儿，干吗去养老院？

对不起，我不知道大伯有女儿。若不介意，能说说吗？

我老婆生产时难产，大出血……女儿活下来了。我好喜欢女儿，给她取名碧蝉，为她吟诗作赋。那时太穷了，吃了上顿没下顿，衣裤补丁摞补丁，我娘的药费都赊着……我不该抛弃她……可那是迫不得已啊……我万分痛苦地低下了头。

稻子成熟时，金色的景象特别迷人，"农场主"礼武要来体验生活，小孙一大早就忙得不可开交。收割机、运谷车、捆秆机停放田边，师傅悠闲地抽着香烟，小孙的网络直播准备就绪。

上午九时许，一辆小车抵达田边，下来一个女人、一个小女孩。女人衣着简朴，素面朝天；小女孩约摸四五岁，发束蓝蝴蝶，迎风招展。小孙迎上前，女人主动握手，说，我是章礼武。小孙指着那一排农机，都准备好了，请章总下指示，收割与直播同步进行……

礼武笑道，什么指示不指示，我就是想让更多的人买到安全、放心、口感甜糯的大米，给乡村振兴注入活力，提高农民收益……那就开始吧。

嘭嘭嘭——师傅开着收割机在田间来回驰骋，一袋袋饱满壮实的稻谷装载上车……我一会儿盯着直播间，一会儿望向田野，心情特别激动。礼武没有成功人士那种骄横跋扈，亲切地跟人打招呼，扑闪着大眼睛不时看我，看得我不好意思了。

不久，小女孩擎着一枚状若蝉翼的花，站在槐树下喊，妈妈，这是什么花？

礼武走过去，捧着花深深地嗅着，它叫碧蝉花……

碧蝉？！这两字如雷霆万钧，震得我几欲昏倒。我情不自禁地踱向她，你……你们城里人也晓得这种野草？

礼武凝视着我，它是鸭跖草，花如蛾形，两叶如翅，碧色可爱，又名碧蝉花，小时候我爸告诉我的……她的眸子如雾如水,迅捷背过身去,抬了抬手。

你是……我……我变得语无伦次了。

礼武搂着小女孩坐在槐树下。女儿,妈妈给你讲个故事:三十多年前,槐花飘零的季节,一个跟你一样大的小女孩迷路了,找不到回家的路了,她哭啊,哭啊,哭得嗓子都哑了……

小女孩焦急地问,后来呢?

有一对城里的夫妇收留了她,给她吃,为她买衣服,送她上学……礼武边说边看我。四目相对,槐叶簌簌响,两行浊泪爬下我的脸庞。

出嫁

罗倩仪

　　田家庄有一个风俗，出嫁的姑娘在新郎到来之前，必须先穿上嫁衣，独自绕着村庄走一圈，表示自己即将嫁人告别家乡，才能坐上花车离开。

　　红儿是田老汉的二女儿，生得极美。今年二十五岁，终于要出嫁了。在田家庄，女孩超过二十二岁还没嫁人，就被称作老姑娘了。但田家庄的人从不管红儿叫"老姑娘"，他们只是替她着急了三年。

　　人逢喜事精神爽，田老汉逢人就说："我家二丫头终于找到婆家了！"

　　别人也会真心实意地附和："是啊是啊，真不容易！"

　　红儿心善，爱笑，村里的大人、小孩都喜欢她。田老汉开了一家废品回收站，平日让红儿看管。红儿总是坐在门口的竹条椅子上，身旁放着一个秤。村里的人都说，其实红儿的手就是秤。

如有来生

村口的三哥拿了一些废铜来,高声说:"红儿,我这儿有十斤铜,你掂量掂量。"

红儿微微一笑,用手一掂量,便笑了:"废铜八斤九两,每斤十六块一毛,一共一百四十三块二毛九,不信你可以上秤。"

红儿没法用计算器,但心算能力令人折服,这是长期锻炼的结果。她熟练地拉开抽屉,里面的每个格子分别整齐地放着一百元、五十元、十元、五元、一元、五角、两角和一角的钞票。红儿不紧不慢地依次取出一张一百元,四张十元,三张一元和三张三角的钱,递给三哥。

"哪能不信呢!"三哥拿了钱,笑着走了。

可是,红儿的手也有不灵的时候,心算能力也有变差的时候。刘寡妇的儿子拿着三斤废纸来卖,红儿用手一掂量,愣是说有四斤,白给人家一斤废纸的钱。七十五岁的何大娘捡来七八斤废铁,要卖给红儿,红儿却说废铁有九斤。

何大娘心实,说:"哪能次次信你的手,我要上秤。"

一上秤,何大娘笑了:"七斤三两呢!今儿,你的手不灵了。"

红儿也笑了:"一共六块三。"

出嫁

何大娘愣了一下，嘴里念念有词，说："算错了，不是这个数哩！"

"没错，废铁涨价了。"红儿嫣然一笑，一副胜券在握的样子。

"你这个丫头，拗不过你！"何大娘乐呵呵地走了。

红儿穿上鲜红的嫁衣和红色粗跟鞋，她要出嫁了。她和所有的姑娘一样，需要绕着整个田家庄走一圈，告别父老乡亲。可是村道又长又凹凸不平，父母担忧红儿会栽跟头，遭人笑话，不禁眉头紧锁，不发一言。

父母的心思，哪能瞒过心细如发的红儿？她握住双亲粗糙的手，又亲昵地将它们贴在脸上，露出幸福的微笑："我好着呢！"

红儿刚踏出家门，守在她家院子前的小孩儿，便奔走相告。

"红儿姐姐出来啦——"

她站得挺直，面带微笑，一步一步，走得很慢，走了很久。村道两旁站了许多人，他们对她报以微笑，不断提醒她：

"红儿，前面有石头……"

"红儿，当心脚下的草头……"

"红儿……"

如有来生

  红儿绕着村庄顺利地走完一圈，坐上花车，离开了田家庄。

  她是个盲姑娘，但她说，整个田家庄的人都给了她眼睛。

入戏

马河静

我们村在豫晋交界的黄河南岸。村子以戏楼为中心，分为南队和北队。南队唱豫剧，班主叫张震庭，曾经跟着常香玉跑过龙套。北队唱蒲剧，班主叫李筱声，是"跑老日"时从山西过来的。他的媳妇在过黄河时被日军飞机炸死了。蒲剧音调高亢，长于表现慷慨悲壮的感情。班主李筱声风流倜傥，其闪帽翅、甩辫子的绝活儿更是令观众为之倾倒。

村子不大，只有269口人。长期耳濡目染，使全村男女老少都会哼两声。你看，靠着墙根儿晒暖儿的老人，眯缝着眼，两个食指在膝盖上一个劲儿地翻飞，嘴里不停地打鼓点："嗒嗒嗒嗒——咦嗒嗒！"青年人走着走着突然会腾地翻几个跟头，让你眼花缭乱；女人则边走边舞，口里"锵锵锵锵"地哼唱着飘然而去。

如有来生

再说张震庭家。女儿张莲花常常放下饭碗就想往外溜,她妈兰花指一翘,指责道:"懒得你——你你……气死我也唉、唉、唉、唉……"莲花接口说:"冤哪——啊、啊、啊、啊……"张震庭的爹眼一瞪:"哎——呔!"事情这就平息了。张震庭接着对女儿说:"快——快到戏楼套戏(排练)去!"莲花答:"谢——过爹爹。"却一溜烟地跑到北队帮李筱声洗衣裳去了。

"一官聊戏剧,三径肯荒芜。"全村人整天迷在唱戏上,把种地撂到了一边,所以年年青黄不接。好在经常被四处请去唱戏,能换些粮食,倒也活得滋润。

村里也有个不会唱戏的,是半傻不精的邓小月。这个傻子是个不可或缺的人物,每次演戏,都需要他拿根长竹竿来驱赶小孩子,维持秩序。

这年年前,两个班子抓阄出台。初二晚上,北队唱蒲剧《西厢记》,李筱声唱张君瑞。戏唱过半,扮演崔莺莺的人突然犯了老毛病,倒在地上起不来。眼看锣鼓家伙敲了一遍又一遍,李筱声急得火烧眉毛。这时从台下爬上来唱豫剧的张莲花,只见她随着鼓点就唱开了:

从此后好夫妻天各一方，
奔长安路迢迢云水苍茫，
孤零零一个人好不凄凉。
…………

台上台下的人都愣住了。——她这唱的是哪一出呢？要知道两个班子对台打擂，是互不相让的，而张莲花却替对方补台，真让人费解。张莲花的爹张震庭却大度地说："救戏如救火嘛。"

初三，南队唱豫剧《朝阳沟》。本来是相当轰动的节目，但因为当银环的张莲花唱出了蒲剧的味道，所以缺少了以往的喝彩声。

初四，北队唱《铡美案》。只见秦香莲跪在地上掩面而泣：

秦香莲来泪如雨，
你的良心在哪里。
千里乞讨来找你，
手拖儿女到京畿。
…………

她唱得愁云惨淡万里凝,透骨酸心断衷肠。一时间,台下观众潸然泪下,抽抽咽咽,突然着魔一样捶胸顿足,大放悲声。

此刻邓小月派上了用场,他将竹竿挨着观众的头皮扫过去,大声吆喝:"你们憨了?这是戏!"人们犹如大梦初醒,擦把眼泪,对着邓小月露出了感谢的笑容。

接着扮演陈世美的李筱声一捋胡须,扬眉瞪眼,道:"哼!纵然——我有——滔天大罪,任你去说,我也——担当得起!"

话说间,突然从台下飞来半块砖头,不偏不倚砸到了李筱声的腰上,李筱声当场摔倒,站不起来了。

原来一个看戏的入了迷,一愤怒,把坐在屁股底下的砖头扔了上来。

由于救治不善,李筱声后来大小便失禁,彻底成了一个废人。没有了台柱子,蒲剧班子也就垮了台。

万万想不到,张莲花卷起铺盖走进了李筱声家,并向天下昭告,要嫁给李筱声为妻。她爹张震庭这时大发雷霆:"你……你这个……假戏岂能真做!"

张莲花说:"你教我的,唱啥是啥。你和我妈不也是由扮演的夫妻成了一家?"

她爹气得吹胡子瞪眼："就唱了一晚，算啥夫妻？"

张莲花说："一日夫妻百日恩！"

张震庭无言以对。后来，张莲花在床前跟着李筱声学唱蒲剧《长生殿》，拿着一条白绫唱《哭相思》：

> 百年离别在须臾，
> 一代红颜为君尽！
> 在天愿作比翼鸟，
> 在地愿为连理枝。
> …………

看见张莲花两眼泪涟涟，李筱声不由见泪而悲，说道："灵台不安，我愧对于你；死不足惜，唯有戏班让我牵肠挂心呀！"

想不到，李筱声半夜用白绫吊死了。人们分析，李筱声是不想连累张莲花。

在大雪纷飞的正月十五，四邻八乡万人空巷，都来给李筱声送殡。张莲花披麻戴孝，唱了一路《长生殿》。人们又被带进戏里，与张莲花同哭，哭声震得漫天飞雪。

隔年，张莲花挂帅，重整旗鼓，恢复了蒲剧班子。

我家有只吉祥鸟

马新亭

不知从哪天起,我家里来了一个新客人———一只黑色的燕子。燕子像一只勤劳的小蜜蜂,一会儿从天空飞进屋里,一会儿从屋里又飞向天空,匆匆忙忙。有时嘴里衔着泥,有时嘴里衔着草……慢慢地,在我家屋顶檩子上,贴着黑色的芦苇,筑造出一个白色的半个葫芦瓢形状的巢。不久,燕巢口边钻出几只可爱的小燕子。

我高兴地手舞足蹈。我进出家门,迈过门槛时,燕子从我头顶嗖嗖飞过来飞过去。我往上一跳,伸手想抓住燕子。燕子好像跟我捉迷藏似的,贴着我的指尖掠过。这天,我举着一条细长的杆子,燕子飞进屋里时,我满屋追着戳,燕子飞到院子里时,我追到院子戳,想把燕子打下来。

爸爸说:"别打它,打燕子瞎眼睛!"

我歪着头说："我不信！"

爸爸抚摸着我的头说："你扬着头打燕子，万一有东西掉进你的眼里拿不出来或跌倒伤着眼睛，不就瞎了吗？再说燕子是益鸟，吃好多害虫，我们爱护鸟，鸟才爱护我们。"

又一天，弟弟拿着好几块小石子，朝屋顶燕巢投掷，想把燕巢里的小燕子打下来，拿着玩。

妈妈说："燕子是吉祥鸟，会给咱家带来平安、好运，不能打！"

弟弟挣脱着说："骗人！"

妈妈说："俗话说燕子不进恶人家，燕子喜欢找安静、和睦、欢乐的人家筑巢安家。想想看，如果咱家天天吵架、打仗，燕子会来吗？"

晚上睡觉前，我和弟弟在炕上总要闹上一闹，我和弟弟互相胳肢，笑成一团。屋顶巢里的燕子也没闲着，"叽叽喳喳"声音忽高忽低的像是打闹。爸爸给我们讲故事时，我和弟弟安静地听着，圆圆的头露在被窝外面，眨巴着眼睛，听着包公、岳飞、文天祥……的故事进入梦乡。屋顶上巢里的燕子也变得静悄悄，一声不吭。有时，我问："爸爸，上面的燕子是不是也在听你讲故事？"

如有来生

一连几天，我好像掉了魂似的，心里感觉缺少了什么，我问正在炒菜的妈妈："燕子怎么好几天没回家？"

妈妈伸伸腰说："燕子飞向了很远的南方。"

这时我才发现，天气不知不觉已进入秋风萧瑟，树叶飘零的季节。

我困惑地问："为什么去南方？"

妈妈说："南方温暖，燕子怕冷，去南方过冬。"

我惊讶地问："燕子还能飞回来吗？还认得咱家的门吗？会不会去别人家？"

妈妈笑笑说："放心吧，燕子和咱们已经成为一家人，就像你不会去别人家一样。"

我心里惦念着燕子，担心燕子会不会迷路，找不到回家的路。

我天天盼着燕子飞回来，望眼欲穿……

一天夜里，我做了一个梦，梦见燕子飞越万水千山，冲破狂风骤雨，挥舞着坚强的翅膀义无反顾千里迢迢往回飞……

燕子真的出现在我家里，嘴里不停地"叽叽喳喳"叫着，像一个久别重逢的朋友诉说着什么。

我高兴得又蹦又跳，冲着燕子说："好朋友，你总算飞回来啦？想我了吗？"

我家有只吉祥鸟

燕子回来了,把春天也带回来了,大地披绿,草木发芽,河水叮咚……

一天夜里,我正在睡梦中,突然一阵剧烈的摇晃把我惊醒,听到人声鼎沸,我刚想站起来,突然一个东西砸在我头上,我倒下去失去了知觉。

不知过了多久,我慢慢醒来,发现自己躺在医院的病床上。爸爸站在窗前抹眼泪。趴在床边的弟弟看见我缓缓睁开眼睛,高兴地说:"哥哥醒了!"

第二天,爸爸告诉我,那天夜里大地震来得太突然,爸爸抱着弟弟连滚带爬地逃到天井,刚要冲进屋里救我,"轰"一声房屋倒塌了。全村的房屋变成一片废墟。县上派大批人员来救援,在残垣断壁中搜救活着的人。搜寻了好几天也没有找到我。

人们看见有一只燕子在一个小山似的废墟上不停地飞上飞下,叽叽喳喳叫着。人们纷纷猜测,莫非下面有人?就在那个地方清理瓦砾、断木、土坯……真的在下面找到了我,还有两只小燕子。

地震过后,在政府的帮助下,我家很快盖起新房。不久,燕子又飞来我家,在梁上筑巢……

两棵树

墨村

胖子和瘦子那时候很年轻，两人结伴到山里去。奇山诡水，令人迷醉。在一风景绝佳处，游兴正浓的胖子和瘦子同时发现了一种很奇特的树。两人生性好抬杠，各持己见，互不相让。胖子说："这树肯定能长成栋梁之材！"瘦子说："那不一定。"胖子说："咱各弄一棵树苗试一试！"瘦子说："那就弄吧。"

于是，胖子和瘦子两家的庭院里便都有了这种树，只不过胖子栽在地上，瘦子植在瓦盆里。胖子和瘦子较着劲儿为各自的树苗儿浇水、施肥、松土、修剪。胖子的树没遮没拦，一天天长大长高，很劲秀，很漂亮。瘦子的树用铁丝左绕右缠，一天天眼瞅着老往那斜刺里窜，很怪异，很邪乎。日子一晃悠，胖子头顶秃了，瘦子脑袋光了。

胖子的树长得有一搂粗细，铜杆铁臂，挺拔巍峨，冠盖如伞,遮天蔽日,惹得周围十里八村鲁班的子孙们整日绕着左测右量直打鬼主意。胖子笑眯眯搔着脑壳对瘦子说:"咋样,不错吧?!"

瘦子的树虽只一米有零,且疙疙瘩瘩,歪歪扭扭,枝丫纤弱,却被瘦子侍弄得盘龙虬扎道骨仙风,随便站在哪个角度上看,都能让人陡生一种云天雾地深奥难测之感。

一日,被一采风的摄影记者撞见,记者被其别有洞天的玲珑奇绝与怪诞飘逸的鬼斧神工所深深折服,惊叹之余,"叭叭叭"一口气拍了几十张。月余,一封来自北京的牛皮大信径送瘦子家。瘦子满腹狐疑地拆开一看,竟是那位记者寄给他的一份画报。瘦子一蹦三尺高:"乖乖,咱的大名咱的树竟上了画报咧!"瘦子笑眯眯哗啦啦抖着画报对胖子说:"咋样,不错吧?!"

胖子撇撇嘴:"熊样儿,烧火都嫌碍事!"瘦子吊吊眉:"鳖形,谁愿跟你换!"胖子说:"走着瞧!"瘦子说:"走着瞧!"

忽一日,城里来辆卡车,从司机楼里跳下一个瘦猴样的人,老驴拽磨般围着胖子的树转了一圈儿又一圈儿,最后突然打住,要出大价钱买了这棵树。胖子

如有来生

头摇得如拨浪鼓,冲着在门口晒暖的瘦子夸张地可着嗓门吼:"啥?你说啥?九百?不中不中,再添五十也不卖。"

最后,那人阴着脸甩出十张大票,吃亏似的连树根都挖出来拉走了。那几日,胖子红光满面,进出家门,嘴里都韵味十足地老哼着"包龙图我打坐在开封府……"。

又一日,市里来辆轿车,从里面钻出一个人,操着一口普通话叽里呱啦地嚷嚷着要找瘦子。胖子自告奋勇,哼唱着"哪一夜我不等你到月上高楼……"领那人来到了瘦子家。那人一进院门就被瘦子那棵树惊得老半天都没合上嘴,激动得一边搓手一边一连声地嚷:"名不虚传!名不虚传!"

那人毕恭毕敬地对瘦子说:"早闻其名,如雷贯耳,你老太不简单了,今日得见,真是三生有幸,三生有幸啊!不知道你老舍不舍得忍疼割爱,这个数送给小辈,咋样?"那人迫不及待地伸出了一只手掌。瘦子耷拉下眼皮没有吭声。那人忙又加上了另一只手掌的三个指头。

一旁的胖子急得不行,朝着瘦子直嚷:"你你你,你神经病啊,八十了你还不卖?"瘦子睁开眼,不紧不慢地冲那人懒懒一笑："你是内行，呵，给两个巴掌不多吧？你说。"那人一愣，随之点头如捣蒜："啊，你老说得对，是不多，是不多！"

"乖乖，这东西也值一百？"胖子一声惊叫。瘦子鄙夷地哼了一声。

"多了，还是少了？"胖子一脸问号。瘦子白了丈二和尚般的胖子一眼，沉默良久。瘦子突然一挥手，声音朗朗地对那人说："成，就冲你刚才的那句掏心窝子的话，九千八你赶紧搬走吧，免得一会儿我后悔了……"

那人受宠若惊，喜出望外，在滚圆肚子下边的钱袋里掏钱的手都激动得颤抖不已。临走，从车上拿出一条烟往瘦子怀里一塞说："你老有情有义，咱交个朋友，来日方长，这点小意思你老无论如何也得收下！啥时去广州做客，我一定陪你老逛个够！"

胖子愕然。

一条忍着不死的鱼

牧徐徐

在距非洲撒哈拉沙漠不远处的利比亚东部,有一个叫杜兹的偏远农村,这里白天的平均气温高达42摄氏度,一年中除了秋季会有短暂的雨水外,其他绝大部分时间都是骄阳似火。

然而,就在这样一个恶劣的环境中,却生长着一种世界上最奇异的鱼,它能在长时间缺水、缺食物的情况下,忍着不死,并且通过长时间的休眠和不懈的自我解救,最终等来雨季,赢得新生,它便是非洲的杜兹肺鱼。

每年当干旱季节来临时,杜兹河流的水都会枯竭,当地的农民便再也无法从河流里取到现成的饮用水了。为了省事,当他们在劳作时口渴了,便会深挖出河床里的淤泥,找出几条深藏在其中的肺鱼,肺鱼体内的肺囊里储存了不少干净的水。

一条忍着不死的鱼

农民们将挖出来的肺鱼对准自己的嘴巴，然后用力猛地挤上一顿，肺鱼体内的水便会全部流出来，帮他们方便地解渴。

然后，农民便会将其随意地一扔，不再顾及它们的死活。

有一条叫"黑玛"的杜兹肺鱼就不幸遇见了这样的事情：当一个农民挤干了它的水分后，便将它抛弃在河岸上。无遮无挡的黑玛被太阳晒得直冒油，生命垂危。好在它拼命地蹦呀，跳呀，最后终于跳回到了之前的淤泥中，重新捡回了一条命。

但是，不幸远没有就此打住。很快，又有一个农民要搭建一座泥房子，于是他开始到河床里取出一大堆的淤泥，好用它们做成泥坯子。不巧，黑玛正好就在这堆淤泥中。于是，它又被这个农民毫不知情地打进泥坯里。泥坯晒干后，那个农民便用它们垒墙，黑玛很自然地便成了墙的一部分，完全被埋进墙壁里，没有人知道墙里还有一条鱼。

此时墙中的黑玛已完全脱离了水，而且没有任何食物，它必须依靠囊中仅有的一些水，迅速进入彻底的休眠状态之中。

在黑暗中整整等待了半年后，黑玛终于等来了久

如有来生

违的短暂雨季，雨水将包裹黑玛的泥坯轻轻打湿，一些水汽便开始朝泥坯内部渗入。

湿气很快将黑玛从深度休眠中唤醒了过来，体衰力竭且体内水分已基本耗尽的黑玛，开始拼命地整天整夜地吸呀吸，好将刚进入泥坯里的水汽和养分一点点地全部吸入肺囊中——这是黑玛唯一的自救办法。

当再无水汽和养分可吸之时，黑玛又开始新一轮的休眠。

很快，新房盖好后的第一年过去了，包裹着黑玛的泥坯依旧坚如磐石，黑玛如同一块"活化石"被镶嵌在其中，一动也不能动。黑玛深知此时再多的挣扎都是徒劳，唯有静静等待。

第二年，在自然的变化以及地球重力的作用下，泥坯彼此之间已不如之前密合得那么好，它们开始有了些松动。黑玛觉得机会来了，它不再休眠了，而是开始日夜不停地用全身去磨蹭泥坯，生硬的泥坯刺得黑玛生疼，但它始终没有放弃，在它的坚持下，一些泥坯开始变成粉末状，纷纷下落。

在黑玛昼夜不断的磨蹭之下，第三年它周围的空间大了许多，甚至可以让它打个滚，翻个身了。但是，此时的黑玛还是无法脱身，泥坯外还有最后一层牢固的阻挡。

改变命运的转机发生在第四年,一场难得一见的狂风夹带着米粒般大小的暴雨,终于在某个夜里呼啸而至,更可喜的是,由于房子的主人已在一年多前弃家而走了,这座房子已年久失修,在暴雨和狂风的作用下,泥坯开始纷纷松动、滑落,直至最后完全垮塌。此时,黑玛用尽全身最后的一点力气,与暴风雨里应外合,一较劲,破土而出了!

沿着满路面下泻的流水,重见天日的黑玛很快便游到不远处的一条河流中,那里有它期待了四年的一切食物和营养——肺鱼黑玛终于战胜了死亡,赢得重生!这是杜兹,也是整个撒哈拉沙漠里的生命奇迹。而这个奇迹的名字便叫坚持和忍耐!

善心会开花

欧正中

平时,李大爷站在校门口总会不停地看手表。按学校规定,只能提前二十分钟放学生进校门。望着校门口拥挤的焦急的学生,他嘴里不停地安慰说:"快了,快了,别急。再等一会儿。"

今天天气寒冷,李大爷自作主张,早早地就把校门打开,让学生进来了。那些从山路上急匆匆来上学的学生,哈着气,一路小跑着朝教室冲去。这时候,总会零零落落响起问候声:"李大爷好!"李大爷总是报以满脸的微笑。

尽管不能准确地说出哪些学生到校了,但是凭直觉,李大爷认为差不多都到齐了。

李大爷走到大门前,准备把门关上。可是他又犹豫了,退了回来。他眼睛望向校门外,像在等待什么。到底要等待什么,李大爷一时半会儿也想不起来。他傻傻地望着校门外，努力地回想着。

"李大爷好！"突然，一个清脆的声音在脑海里响起。哦，这是幻听，李大爷一拍脑袋，他想起来了。还有一个小姑娘没到呢。李大爷嘟囔着："瞧我这记性，差点把她搞忘了。"李大爷不禁怪罪起自己来。

就是这个小姑娘，她每天到校，都会恭恭敬敬地喊一声："李大爷好！"小姑娘笑得甜甜的，李大爷的心里也是甜甜的。

小姑娘平时上学都很准时，今天是怎么啦？李大爷的心里直犯嘀咕。离上课铃声的响起愈来愈近了，李大爷不断地看手表，可始终不见小姑娘的身影。李大爷也着急了：她今天怎么啦？该不会是生病了吧？生病了不来上学，家长肯定会给班主任打电话的。

马上就响铃了。李大爷赶紧掏出手机给五年级二班班主任王老师拨通了电话："王老师，你班有一个女生还没到校呢。""李大爷，谢谢你。我去看看，马上联系家长。"王老师说。

过了几分钟，王老师又打通了李大爷手机："李大爷，我跟你说，刚才我打通了这个女生家长的电话，好奇怪，没有人接听。"王老师的话语里明显有些焦急。

挂断电话，李大爷突然想起来，前些日子有一个

如有来生

学生家长和他聊天，闲谈中，李大爷记得他说过他家和小姑娘家挨得很近。临走时他留下了手机号，说他家小孩在学校有啥事让李大爷给他电话联系。李大爷掏出手机，拨通了这位家长的电话，说明情况，特意嘱咐他马上去小姑娘家看看。对方说："好好，我马上就去。李大爷你等我电话……"

等啊等，可就是不来电话。李大爷不免焦急起来。

三十分钟后，李大爷的手机终于响了起来。"李大爷，幸好你打电话了，不然肯定出大事了。她家昨晚烧炭烤火一氧化碳中毒了。老天爷保佑，呼吸新鲜空气后，他们又慢慢地恢复了意识。"

啊——李大爷大吃一惊，忙说："人没事就好，人没事就好。"李大爷放下电话，腿一软，身子一斜，竟一屁股坐在了椅子上。

好男孩的几种形态

秦俑

慢递男孩

慢递男孩从不坐飞机，高铁也嫌快，能走路就走路，能骑车就骑车，不行就搭公交。实在要出远门，绿皮火车也还不错吧。那种一天到晚"咔嚓咔嚓"的声音，让他觉得生活的火气没有那么重。

他不用QQ，也不用微信，要是连手机也不用，那该多好。

友人给他介绍女朋友。问他要微信，他没有。问他要QQ，他没有。问他要手机号，他说："打电话谈恋爱，多尴尬啊！"

"那你给她写封情书，快递过去。"友人半开玩笑半认真地说。

"那样也太快了吧！"

如有来生

于是，慢递男孩花了一夜的时间，写了一封长长的信，然后投到女生宿舍楼下的邮筒里。

他开始等待回音。

往返几百米的距离，走了整整一周。

这才是他想要的恋爱的感觉，享受那份慢慢的等待，慢慢的煎熬。

女孩收到信，竟然回信同意与他交往。

那一晚，在夜色如水的江堤上，慢递男孩想吻女孩。女孩推开他，说："你不觉得我们这样太快了吗？"

电子宠物男孩

"唧唧唧，唧唧唧。"

她的手机响个不停，提示音显然特别设置过，像一只蛐蛐在叫。

"很忙吗？"我问她。

"还好。"

"唧唧唧，唧唧唧。"

"你消息真多。"我问，"是谁啊？"

"是我新交的男朋友。"她将手机递过来。

满屏都是一个人的信息提示，有文字的，有语音的，也有图片和视频。几分钟一条。多数是疑问句式：在哪里？干吗呢？起床了吗？吃饭了吗？下课了吗？想我了吗？如此种种。

"这样子，你不嫌烦吗？"

"还好吧。"她说，"反正都还没见过面。"

正说着话，"唧唧唧"，蛐蛐又叫起来。是一条语音，一个脆生生的声音："老婆你想我没？你现在和谁在一起啊？"

"和一个朋友。"她喝了一口咖啡，回了一条语音。

唧唧唧，简直秒回："男生还是女生哦？"

"当然是女生。"她看了我一眼，说了一句假话。

沉默了一会儿，我问她："那他是你男朋友，我算什么啊？"

"网上刚认识的嘛，都说了还没见过面。"她又喝了一口咖啡，像是很认真地对我说，"你就当他是一只电子宠物好喽。"

空调男孩

恋爱中的女孩都有特异功能，她们能将男朋友变成她们想要的任意形态。

如有来生

旅游的时候，他是一台跟拍的美颜相机。

逛街的时候，就让他变成一台自动取款机。

出了门，他就是汽车，是保镖，是超级英雄，是行走的荷尔蒙。

回到家里，要秒变家务机器人，管拖地洗衣，买菜做饭，情话要说得像巧克力那么甜。

这个夏天很热很热，女孩觉得自己都快要融化了。

于是，她让男朋友变成了一台空调。

智能的那种，能自动控温控湿，静音舒适，还省电节能。

这个夏天很长很长，天气转凉的时候，女孩发现，男朋友变不回来了，他成了一个空调男孩。

"空调男孩也很好啊。"最好的男人，就应该冬暖夏凉，体贴入微。

可是，有一天，当空调男孩从睡梦中醒来，他发现自己心爱的女朋友不见了。

他找啊找，找啊找，最后在被窝里找到了一团水渍。

闻一闻，还有草莓的味道。

空调男孩伤心地哭了。

昨晚，气温突降，空调男孩一定是自动开启了暖风模式。

他忘了,她是一个草莓味的冰激凌。

喜欢麻雀的男孩

有人喜欢猫,有人喜欢狗。有一个男孩,他喜欢上了一只麻雀。

那只麻雀经常飞过来,它不敢靠近男孩,总是远远地,躲躲闪闪地,扑棱着翅膀,和别的麻雀一起,说着让人脸红的悄悄话。

男孩想,它一定是饿了吧,要不,给它放一些稻子,或者一些陈年的麦粒?这样,我就可以和它说,我们做朋友吧?

但男孩动不了,他只能想啊想……

终于有一天,一个男人来了——是男孩的爸爸。他带来了一些陈年的麦粒,放在离男孩不远的地方。

那只麻雀开始有些胆怯,但它实在是太饿了,躲躲闪闪地,扑棱着翅膀,飞了过来。地里的稻子还没熟呢,这些陈年的麦粒,够它饱餐一顿了。

男孩看着麻雀。它第一次离他这么近,他几乎能听到它慌乱的心跳。

男孩闭上眼睛,鼓起勇气说:"我们做朋友吧?"

如有来生

　　麻雀似乎没有听到，它扑棱了几下翅膀，麦粒还没吃完，就倒在了男孩面前……

　　第二天，那个男人又来了。

　　他看到地上有一只僵死的麻雀，骂了一句："蠢鸟！"

　　回过头，他看到了歪倒在地上的稻草人——你猜对了，就是那个喜欢麻雀的男孩，他朝着死鸟的方向，四肢散落了一地——那个男人还以为是被风吹倒的，忍不住嘟囔了一句："晦气，得重新扎了！"

大爷与二爷

唐风

睢州城有句俗话,"开过药铺打过铁,各种生意不用说",意思说这两宗生意一本万利,任何行业无法企及。大爷开了一家药铺,虽不能说日进斗金,但日子非同一般乡邻;二爷打铁抡大锤,倒没有应承俗语,汗珠子摔八瓣,日子却过得捉襟见肘。

大爷二爷同在一个集镇,铁匠铺与药铺相距并不是太远,二爷乒乒乓乓打铁的声音,大爷在药铺里听得一清二楚;大爷在药铺里不动声色拨动算珠的声音,二爷倒是听不到。

大爷的药铺里摆着药橱,酱红色,抽屉密如蜂窝。大爷身穿淡青色的丝绸短褂,戴一顶硬壳瓜皮帽儿,鼻梁架着一副小而圆的细腿眼镜,指甲很长的手指拨动着扁圆的算珠,说话慢条斯理。大爷上了岁数,雇用一位年轻伙计跑堂,自己坐在太师椅里开处方算账,目光不时从镜片下方溜出来瞟一眼跑堂的伙计，有时候，跑堂的伙计掂着处方抽错了药屉，大爷目光沉得像石头："紧病慢先生，慌什么啊？"

三伏天，大爷怕热，太师椅上方吊着一米见方的布帘，上面固定在天花板上，下面缝着根木条，木条系根绳子穿过滑轮，伙计抓过药没有事情做，来回拉动木条，布帘便摆动起来像面大蒲扇，大爷坐在太师椅里，一阵阵凉风从天而降，很是舒服。伙计拉动布帘让大爷乘凉，靠近身子与耳朵不太灵便的大爷说话，天南地北，涉猎广泛。说到红尘艳史，大爷伸长着精瘦的脑瓜，听得很专注。苍蝇很小心地爬在大爷淡青色的丝绸短褂上，伙计不敢轻易落下蝇拍，唯恐脏了大爷的衣服，摇着蝇拍轻轻赶跑，轻描淡写地说道："咋不去铁匠铺啊，这里有什么好啃的？中药铺子，戴着望远镜也瞅不到好吃的！"

二爷的铁匠铺比大爷的药铺热闹多了，二爷的上身很少穿衣服，光着膀子抽着风箱，炉火呼呼乱窜。一块生铁放在炉火里，掩上烧得红亮的煤炭，炭火上压一块缸瓦，以免火力分散，不一会儿，铁块闪着刺目的白光，火花乱蹿。二爷的师傅用火钳夹出来放在铁砧上，师徒二人抡起铁锤乒乒乓乓打起来。师傅用的是小锤，把短嘴尖，二爷抡大锤，锤把一米之许，足有二十斤重，抡起来虎虎生风。师傅的小锤在铁砧的边沿，鸡啄米一样叮叮叮敲三下，二爷的大锤重重落下来。师傅的小锤像絮语讨饭的老僧，二爷的大锤像雷霆之怒的行者，铁块在师徒的锤下像一摊泥巴，要方见方，要圆见圆。

大爷膳食是荤素四碟小菜，一壶老酒，筷勺交替使用。二爷吃饭主要是红薯，吃过饭筐里的红薯，二爷再吃三五个红薯面窝窝头。红薯吃火，铁铺里的炉火既不耽误烧铁又可以烧饭，倒是十分便当。师徒俩出了大半天的力气，吃饭很香甜。吃饭时间，师傅指点着二爷打铁火候不足的地方，二爷很少说话，埋头吃饭。日子久远，师傅举不动铁锤了，二爷雇了一位后生，自己成了师傅。

我在大爷二爷所在的集镇读书，中秋节，父母让我带去月饼送给大爷二爷。我去大爷的药铺，掏出书包里的月饼，大爷埋头算账，淡淡说一句："拿这东西干什么？"我在药铺站得久了，大爷抬起头："去去，赶快上学去！"

我去二爷的铁匠铺掏出月饼，二爷很是怜惜："你们家里有月饼吃吗？给我送来？！"二爷揭开锅盖拿

如有来生

出一块红薯递给我："红薯甜，趁热吃吧！"

我放学，二爷停住炉火在路口等我。二爷像招待客人一样买来一些鸡鸭鱼肉，大多时候，二爷吃红薯，偶尔，看见我啃过的鸡翅还粘连一些肉，二爷放在嘴里抿抿，说道："好东西，别糟践！"

二爷抡大锤腰酸胳膊痛，免不了去大爷的药铺拿些膏药，大爷照样拨动着算盘珠算账，一副公事公办的样子。二爷很慷慨，掏出一大把零钱随便留，我的印象里，大爷二爷没有吵过嘴，也没有坐在一条板凳上说过话，二人互不相识的样子。

老祖宗过世时候，大爷二爷闹过一次别扭，大爷唉声叹气，二爷垂头不语。原因是大爷想把丧事办得阔绰一些，若不比一般乡邻强出许多，大爷感觉面子挂不住。二爷不愿很阔气，主要原因是自己没有钱，二一添作五的事情，二爷也不愿少出钱。二爷虽是打铁出身，秉性硬，最终，妥协了。大爷愿意多出一部分钱，前提是老祖宗遗留的宅基归大爷所有。

二爷苦笑着在文书里画了押。

大爷二爷年岁大了，赋闲在家。大爷开药铺积攒了一大笔钱，日子顺风顺水。二爷打了一辈子铁，不但没有攒下钱，反倒攒下一身腰酸胳膊痛的毛病。春节，晚辈有给长辈送蒸馍夹肉的习俗，我想，大爷倒不会在乎这一点饭食，送去的蒸馍夹肉说不定会扔给守院的狼狗。我倒是深深怜惜二爷了，请来二爷到家里吃年饭。

同桌吃饭，二爷手脚不太灵便，我不停地夹菜送进二爷的饭碗里。每当我夹菜送给二爷，二爷总是起身，很过意不去的样子。大爷倒剪着手走了进来，面孔阴沉得能拧下水来，目光盯着我："我提个问题，请你给我解释一下。"

我愕然地望着大爷。

"二爷是爷，大爷就不是爷吗？"大爷像受了很大的委屈，言罢，拂袖而去……

容

滕敦太

那天，男人认真地对你说，咱妈的腿伤已经稳定，医生让回家调养，咱妈是在咱家保养还是送姐姐家，我尊重你的意见。

男人总是这样，凡事与你有商有量的。当初，就因为男人那种强大的包容心，你才放下心病，嫁给了他。

男人父亲早逝，住在农村的老妈在一个夜晚摔断了腿。在市医院治腿的一个月，正是农忙季节，姐姐来得少，大多时间是你和男人照顾老人。你对老人照顾得相当到位，老人感激，男人更是无数次抱着你，亲吻你，像一开始追你那样喃喃说着让你陶醉的情话。你两眼闪着泪花：你妈就是我妈，应该的。

从内心来说，你一直对男人的宽容怀有感激之情。你永远忘不了，男人向你求婚时，你却望着男人出神，一任细雨沾湿了头发。

男人温存地揽住你，有什么心事，说出来，我既然选择了你，就会接受你的一切。抑制不住泪水，你讲出了压在心口的秘密：你的渣男前任伤害了你，以致你得了一种怪病，你卫生间的马桶，只能你一个人用，别人一用你就呕吐不止。试过很多方法，都无济于事。以前单身在外边租房住，一旦结婚了，还能不让男人用马桶？

男人拥着你，放心，我会对你好的。咱们的婚房买两个卫生间的，咱一人一个。

你们的经济条件一般，婚房只能买二手房，只有一个卫生间。男人乐呵呵地说，没事，楼下就有公厕，家里的卫生间你用。男人说到做到，有时夜里起床，也要到楼下公厕去。你拥着男人，一任泪水滂沱。

其间，你也曾试着让男人用卫生间，可男人一进卫生间你就控制不住呕吐。婚后，你不想马上要孩子，安全措施很到位，不可能是怀孕呕吐，肯定还是那个心病作祟。男人很宽容，没事，慢慢就好了，我以后就用楼下的公厕，几步路的事。

现在，男人吞吞吐吐提出老妈的事，明显是希望老妈在你们家调养。他担忧的不是你会拒绝，你对老妈这么孝敬；男人担忧的是你的特殊情况，老人住在

如有来生

家，势必要用卫生间，你的那个怪病一直没有见好，总不能不让老人上厕所吧？要不咱妈送姐姐家？男人试探着，神态却带着恳求。他是妈妈唯一的儿子，要是照顾不好老妈，于心何忍？

你毅然决然地把婆婆接到了那个几十平方米的家，把老人安顿得妥妥的。妈，你安心在家里保养，不用见外。老人一个劲擦眼泪，好好，好孩子。

那天，男人没去上班，紧张地在屋里走来走去。你知道，男人担心老人上厕所的事。虽说楼下有公厕，总不能让老人去公厕吧。果然，老人喊你了：小美，你来扶我上厕所。农村老人还是封建的，一直不让儿子扶她上厕所。

在男人担忧的目光中，你手足无措地扶着老人进了你的专属卫生间。顿时，你呕吐的意识强烈地袭来。也算急中生智，你轻声对老人说，医生叮嘱的，你的腿没好，坐马桶会滑倒，我扶着你，用这个塑料容器吧。一边说，一边努力吞咽着，忍受胃里的难受。

老人有些不好意思，解小手可以，解大的怎么办？你顿时来了精神，没事，就用这个容器，我帮你冲洗。

好孩子，你真不容易。老人哽咽着，你却稍稍安

容

了心：老人这么配合，自己可以努力一下，也许能适应呢。真的，你恶心欲吐的感觉似乎有点减轻。

好在老人上卫生间的频次不高，过了第一关后，慢慢地你也有所适应，当然，还是要忍受腹内的难受。男人感激又心疼，要不，我进卫生间去冲洗容器？你慌忙坚持，再等等，等等。

老人不知内情，感激你这个好儿媳为她端屎端尿，打电话向所有的亲戚讲了个遍。当然，你娘家人也知道，你那个当过多年干部的父亲在微信里给你点了无数的赞；男人也多次拥着你，得妻如此，夫复何求。

又是一个月的辛劳。看到老人的身体慢慢恢复，你发自内心地高兴。孝敬老人应当应分，只是担忧婆婆的腿一天天见好，以后还能不让她用马桶吗？

终于有一天，婆婆很开心地对你说，小美啊，不用再麻烦你了，我刚刚自己去上厕所了，你家马桶真不错，用完后冲得干干净净的。

你胃里一紧，立马有了呕吐的感觉。坏了，你暗中叫苦。

突然，你被婆婆搂在怀里，孩子啊，能摊上你这样的儿媳妇，是俺家祖辈讲究孝道修的福分啊！你这么孝老，会有福报的。

如有来生

你就有一种小时候在妈妈怀里的感觉，暖暖的。妈，你说哪里去了？应该的嘛。

突然，你两眼发亮，居然没吐！你兴奋过度，一把搂住了老人，老人不明就里，还咯咯直乐：这孩子，你轻点，这孩子。

面向大海，春暖花开，你的脸上从此绽开了美丽的花。男人也开心，结婚多年，终于昂首挺胸走进了自己的领地。

婆婆不习惯城里的生活，坚持回老家了。这两个月，你照顾婆婆忙前忙后，男人看在眼里记在心里。每天回家，都要抱你转几个圈，就像新婚燕尔，你侬我侬。你也陶醉，对老人的付出，果有福报呢。

那天，男人在卫生间抱着你。突然，你胃里不适，大声地干呕。男人说坏了，旧病又犯了。这样吧，我还像以前那样，不用你的卫生间，我能坚持。

你笑了，傻样，我那怪病早好了。我瞒着你，没采取安全措施，咱有孩子了。

是的，你现在一心想要个孩子，教育他长大后孝敬容让，会有福报的。

半个苹果

佟掌柜

"我女儿回来了！""女儿从美国回来了！"这两句话，妻子跟我、跟邻居、跟闺蜜们不知说过多少遍，我耳朵听得起了茧。

我理解她，她太想女儿了。女儿从生下来到上大学，都是妻子带在身边。孩子小的时候我在部队，几个月甚至一年才能回家一次；孩子上初中时，我从部队转业，被分配到省作协，几乎把全身心都投入到创作中去。等我退休时，孩子已去美国读博。

一个人坐在家里茫然四顾，发现除了书架上的书，我一无所有。关于妻和女儿的回忆大多是模糊而久远的，她们的样子在脑海里也是很多年前的模样。

老妻自从女儿走后，开始黏人，逛街得我陪着，吃饭得我陪着，散步得我陪着，恨不得整天都要和我在一起。吵也吵了，闹也闹了，后来我妥协了，谁让

如有来生

当初亏欠了她们娘俩。好在我除了写作确实没有什么事情可做，好在我写作的时候妻子是安静的。

女儿推开家门进来的一瞬间，我竟似被沙子迷了眼，差点落泪，转过身假装去取放在沙发扶手上的书。女儿长大了，漂亮了，那头乌黑的长发像极了她妈妈年轻的时候，而她的眼睛又像极了我，那是一双诗人的眼睛，睿智而又忧郁。

女儿一改小时候的叽叽喳喳，她腼腆地坐到我旁边，用她的小手环住我的左臂，说爸爸，你这两年又出新书没有？等我回去一定多带几本，同学听说我爸是大作家，羡慕得要死。

我没有回答她的话，只说女儿，这次回来一定要多陪陪你妈，她没有一天不念叨你。

女儿回来的第四天，中午，妻去超市买菜还没回来，女儿洗了两个苹果，一个递给我，我不想吃，放在茶几上。她刚咬了两口苹果，电话响了，她接完电话连个招呼都不打，随手把未吃完的苹果扔在我那个旁边，匆匆忙忙就出去了。

我看着那个被女儿抛下的苹果，红红的、圆圆的，泛青的部分被女儿的樱桃小口咬个豁儿。它在茶几上无奈地摇晃了几下，就依偎着另一个苹果一动不动了。

我的心感觉被什么重器撞了下，转不过神，就像那天突然停电时找不到火柴和蜡烛。

我瞪着那两个苹果，尤其是那个缺牙儿的苹果，呆愣了好一会儿，然后点了一根烟。当烟圈儿徘徊在头顶，还没完全消散的时候，我笑了。

女儿接电话时的雀跃、激动，多么像当年我接听她妈妈电话的样子。那时我母亲是不是也和我现在一样，笑得很不好看。

我将那半个苹果送到嘴边，照着女儿的齿痕咬了一口，然后拿起手机，按下01键。手机里的忙音响了又响，我仍执拗地没有挂断。我听见我的声音在空气里飘荡，妈，您还好吗？

母亲的遗像在书柜里安静地立着，不知她是否听到我打她的电话。

半斤心事

汪建波

斤，量词。心事，指心理活动。心事，咋会以重量论？

不卖关子了。半斤，是个人。千万别以为这是喊的绰号，半斤姓蔡，就叫蔡半斤。

之所以有这名，有两层意思。一是出生时八斤半，此前村子里最大的新生儿重八斤，减去历史纪录，就剩半斤。二是半斤遗传了母亲的优良基因，能喝酒，两岁能喝半斤米酒，五岁能喝半斤啤酒，十岁能喝半斤白酒。

半斤的心事，和酒有关，也和二两有关。

二两，是个颇有姿色的女子，在百灵镇开了家面馆，初来乍到，实在想不出叫得响的名儿，直接按照招揽顾客的本意，起名"见面二两酒"。二两四十出头，可能是山沟沟深处水色好，养人，身段一点没变，皮肤嫩得仿佛能挤出水来。

"见面二两酒"的左侧是家羊肉馆,右边卖江湖菜,本来和面馆生意没啥冲突,可两家店的老板偏偏勤快,早晨也兼营面条。"见面二两酒"开业那天,半斤原本是要到羊肉馆吃面。羊肉馆老板是半斤的远房亲戚,逢赶集日都要去吃一碗小面,一来照顾生意,二来经济实力不允许,吃二两小面的钱,尚需偶尔赊欠。

半斤站在"见面二两酒"和羊肉馆的中间,到底进哪家,难以作出选择。不进羊肉馆,对不起亲戚,不进"见面二两酒",对不住自己。"见面二两酒"不但老板风韵尚存,关键问题是,她悦声细调的吆喝,吃碗小面,赠送二两白酒。一碗小面五块钱,二两白酒一块钱,对于半斤的状况来说,是天大的诱惑。

思前想后,利益终究占了上风。半斤走进"见面二两酒",眼睛直直地盯着二两说,煮碗小面。二两不但漂亮,且穿着得体,手脚麻利,还没等半斤的眼睛从她全身上下移走,面条端上了桌子,酒也到了位。

面条味道极好,不晓得是秀色可餐,还是二两的手艺真心不错,反正,半斤吃得美滋滋的,面吃得一汤不留,酒喝得意犹未尽。半斤的眼珠子又在二两身上游走,妹子,再煮二两。

如有来生

一个早晨的工夫，半斤吃了三碗小面，喝了六两免费白酒。肚子容量有限，不可能一直吃喝下去。半斤掏遍衣兜裤兜，只翻出皱巴巴的五块钱。半斤这才记起，经济拮据，习惯性只带一碗面钱。

这可咋办？半斤窘得面色赤红。还好，二两通情达理，说，初次见面，交个朋友，只收一碗面钱。

半斤虽囊中羞涩，人却整洁，一点没有单身汉子的邋遢。走出"见面二两酒"，他心有不甘，一是少给了面钱，对不住二两，再就是二两的确貌美。妻子走了三年多，第一次对一个陌生女子动心。

欠着二两的情面，半斤很长一段时间都没好意思踏足"见面二两酒"。当然，半斤也一直没再去羊肉馆吃面条。远房亲戚也不怪罪，居然还有意无意透露，二两叫刘喜儿，前夫家暴，离了婚，独自供着上大学的儿子。

这个消息，无异于给半斤注入了大剂量的强心针，令他从此心事重重。

半斤本来是个勤奋人，拉着一个施工队，给十里八乡的村邻建造房屋。五年前，妻子毫无预兆地发烧，女儿在县中上学，等他忙完工地上的活儿，已是深夜，敲门不应，手机不接，破门而入，妻子已人事不省。

抢救加观察，在医院不到一周，一个小小的发烧，夺走了爱妻。半斤觉得亏欠妻子，一蹶不振，施工队也放任不管，时间一长自然解散。

自从有了心事，也有了动力。半斤为人耿直，施工队重新拉起来，接连应了好几家的活儿。

再进"见面二两酒"，半斤原本是还钱的。没想到，二两，不，应该叫刘喜儿，喜儿的面馆被左右夹击，虽有吃面赠酒的好点子，然依旧没有多大起色。毕竟，做生意讲究个人气。

半斤这次进店，不光看出了生意清淡的端倪，吃相也斯文了，只要了二两小面，喝了二两白酒。刘喜儿对自己的第一个顾客，也生出了些许好感。这好感，是半斤从喜儿的神色中察觉的。

此后，半斤几乎天天来喜儿这里报到，喜儿面店的生意也好了许多。不光好酒之君进店，且拖家带口来吃面条。喜儿不知，这些客人全是半斤施工队的人，吃面的钱也是半斤出的。

不多久，食客们口口相传，加之抖音、微信推波助澜，几乎全镇，甚至周边乡镇的人，都知道喜儿这里吃面送酒，"见面二两酒"竟成网红，食客络绎不绝。

如有来生

半斤来得勤,和喜儿说话也随和多了,心事也更重。

施工队的邹三毛,很能察言观色,将半斤请他们吃面的秘密,偷偷告诉了刘喜儿。

半斤再来"见面二两酒",刘喜儿情不自禁表现出绵绵情意,就等着半斤捅破他们间这层窗户纸。

跳闸

王德新

跳闸了！全区停电。

控制中心气氛紧张，仪表墙上的报警灯焦急地闪着红光。调度，安检，抢修，一干人集合待命，如临大敌。总工老毕赶来，启动预案，坐镇指挥。

"巡线！"老毕发出指令。

"已经派出一拨了。"抢修队汇报。

"再去第二拨！"老毕下令，然后一头撞进中控室，支棱起耳朵听仪表墙的嗡嗡声。

第一拨巡线员发回信息，没发现问题。

老毕看线路图，食指点着一个个节点，问，这个楼子查了吗，那个楼子查了吗……楼子就是变电站，有人就回答，查了，查了。老毕又点住一个位置，"这个呢，查了吗？""也查了。"有人答。老毕一连问了七八个点位。

第二拨人马报告，仍然没发现问题。

老毕眉头锁着，沉思一会，掏出放大镜在图纸上找寻着什么。

老毕像是自言自语，说："是大鸟，是大鸟……"这也是大家预料到的，以前发生过多次跳闸，就是大鸟引起的短路。只是这次没有在电线下找到电死的大鸟。想必被狗叼走或者被人捡走了吧。处理故障这事儿，有时合理想象也是必要的，这是一条经验。老毕做出了决定："强制送电！"

强制送电开始，操作员小心地扳动闸柄，一推，接着是咔吧一声响，竟再次跳闸，红灯依然闪烁。

老毕决定亲自出马，巡线。

老毕带了两个小伙，带上仪器，驾一辆皮卡出发了。

一路巡来，还真没发现疑点。巡到钢厂时，老毕的心颤动了一下。这一片太熟悉了，不用睁眼老毕都能看清每一米电线，每一座楼子。当年的钢厂多红火啊，林立的烟囱冒着浓烟，像参天大树一样富有生机，轧钢的声响震耳欲聋，像春雷一样动听迷人。后来不同了，后来讲环保，钢厂迁到乡下去了，现在这里成了仓库，里面存着杂七码八的货物。电用少了，楼子就关了，别看放眼望去五六个，其实都报废了。

跳闸

望着这些报废的楼子,老毕不禁心潮澎湃,墙上白色粉刷的号码依稀可见,"3号",老毕眼窝一热,老毕不会忘记,正是他主持了3号楼子的报废。这都过去多少年了。老毕的心又颤了一下,像有啥事要发生,似有一辆火车从最深处驶来,开始那样遥远,那样渺小,若有如无,渐渐地,声响越来越大,直至风驰电掣……之后,忽然静了下来,静得能听见细胞说话。老毕让停车,老毕下了车,盯住了"3号"。

目光在凝聚,凝聚,老毕的目光凝聚在"3号"顶部的一截电线上,这是一截普通的电线,是电网连接3号楼子的外线,挺短。老毕激灵一下,头皮发麻。老毕想起来了,十五年前报废3号的时候,剪了楼子的内线,剪掉内线,那变电器就断了奶,就算完活,而外线呢,有时剪,有时也不剪,那时规程也不细,不剪的话,外线就在楼子里留了个短短的茬头。

老毕预感到了什么,让一个小伙子去瞧瞧。

小伙子不以为然,嘟哝了一句:"屋子里怎么会有大鸟……"就漫不经心地踏着荒草过去了,小伙子从窗子往里瞅,忽然听小伙子一声嘶叫,连滚带爬地往回跑,小伙子面色如土,已说不出话来……老毕不知道是怎样飘过去的,室内昏暗,但那个骇人的场景

如有来生

还是看清了，哪里是大鸟，是一个人，正挂在电线在室内的短短茬头上，一动不动……

那是个半大孩子，许有十四五岁，触电的右手烧得焦黑。这一场景，在老毕的眼前挥之不去。老毕一下苍老了，那股精明劲儿不知哪里去了，木呆呆的，像换了一个人。

原因调查启动了，老毕和公安局的人参加。公安部门很快查清了，是偷电线的，像这样的报废变压站常常被撬，为的就是一截截铜丝铁线。不用问，这是一起盗窃触电引发的跳闸故障。断这种案子，有时合理想象比事实更靠谱，这也是公安部门的经验。

老毕要写报告了。报告有两个方向。一个方向是公安的方向，最后的结论是"盗窃触电引发的跳闸故障"，是故障，不是事故，更不是责任事故。另一个方向是老毕的方向，结论是，电业公司报废变电站时残留了外线，导致一名未成年人触电，属责任事故，要处分人。老毕考虑了两天，两眼熬得血红。两天后，老毕提交了报告，然后沉沉地睡去。

老毕醒过来的时候，孙子正陪在床边。一见老毕醒来，孙子兴高采烈，向门外喊着"爷爷醒了，爷爷醒了"，就跑出去喊医生，打手机叫家里人来。

跳闸

原来老毕已经在医院昏迷了五天。

"孙子,我的宝贝孙子啊!"老毕心里翻滚着。当年正是孙子出生那天,老毕急着回家,没有安排人剪掉外线。这些,老毕都已写到了报告里……

一把老钥匙

王举芳

回到家时,母亲正翻箱倒柜。杂乱的地面让我无处落脚。我说:"妈呀,您这是在翻传家宝吗?"

母亲停住手看着我说:"见我的钥匙没?"

"喏,在这儿。"我从玄关柜上拿起属于母亲的那串钥匙。

"我说的不是这个,是老宅的,老宅的那个。"母亲的语气和神情有些焦急。我和母亲几乎把家里翻了个底朝天,也没找到母亲要找的钥匙。母亲坐下来,情绪有些低落,她喃喃自语:"我昨晚做了个梦,梦见咱家乡下老宅大门上的锁怎么也打不开,今天果真钥匙就找不到了,难道会有什么不好的事儿发生?"

我说:"妈,您就别总想着老宅了,咱又不回去住了,有没有钥匙都一样。"母亲叹了一口气,开始收拾地上的凌乱。

一把老钥匙

其实，我没有告诉母亲，弟弟正四处托人，要把老宅卖掉。弟弟说老宅总空着，时间久了，会房倒屋塌的，到时候想出手都不好意思谈价钱。

一周后，弟弟告诉我，老宅卖掉了，卖了两万元。看着那些钱，不知怎么，我的心里像坠了一块石头。

那天下班，在小区外碰到三婶。三婶是我家后邻居，和我们家没有亲属关系，按村里辈分我这么喊她。三婶说："我正发愁找不到你家呢，你说这城里的楼一个框一个框的，看着都叫人眼花缭乱。"我让三婶到家里坐坐，她直摆手，说没啥大事，就不去家里了，说着掏出一把钥匙交给我，说这钥匙是我们家老宅的，啥时候想回家就回。原来是她家买了我们家的老宅。

母亲没再提钥匙的事儿。我想着老宅现在已经是别人家的了，也就再也不能回去，就没跟母亲提钥匙的事儿，把它包裹好，放在了柜子顶上的一个盒子里。

农历六月六，我们老家有传统庙会。母亲执意要回去看看。无奈，我和弟弟只好依着母亲。母亲一路上说着故乡风俗和旧年往事，精神从未有过地爽朗，她没有看到我和弟弟偶尔交汇的眼神里都藏着忐忑。

三婶听说我们回来了，招呼我们去她家里。做邻居的那些年，三婶和母亲一直处得很好，亲姐妹一样。

如有来生

吃过晚饭，三婶拿了几床铺盖说："你们别嫌，都是干净的。走，到你们家去，你们还睡你们各自的屋。"

三婶掏出钥匙打开老宅的锁，我们怔怔望着那干净整洁的院子，有些恍惚，仿佛我们从未离开过。

我送三婶到大门口，对她说谢谢。三婶说："咱不说远亲近邻，我懂你妈的心思。我知道她舍不下老家。庄稼人走到哪里，其实根都牢牢扎在老家的土里。另外，我给你们钥匙，还有一个原因。还记得你在家的时候，经常问我为什么总带着一把老钥匙吗？我的老家在遥远的山里，是土房子，因为一场突来的泥石流，房子没有了，但母亲一直让我们自个儿保存着属于自己的那把老钥匙。想家的时候，我就看看老钥匙，摸摸老钥匙，想象着转动钥匙打开门锁，爹娘兄妹啊，那些熟悉的物件啊，一下子呼啦啦在眼前演电影，心里就热乎乎的，就连当初的一些懊恼、吵闹都成了好。你们想回来看看的时候就回来，这里啥时候都是你们的家。"

三婶眼里有亮光闪烁。我也感觉似乎有水滴落进了眼里。

回城后，我把三婶送来的钥匙给了母亲。母亲摩挲着钥匙说，家门的钥匙在手里，不论何种身份何种境遇，你还是个有家可归的人。

从那以后，不知为什么，有时候我也会摩挲那把老宅的钥匙。那一个个匙痕，似一个个密码，打开岁月的珍藏，打开在城市忙碌不停的生活中遗失的情感与灵魂，让漂泊疲累的心与精神在某一刻平安着陆，让我找到真实的自己，觉得有了依靠般，生活变得安稳踏实。

三婶来电话说村里要建社区了，老房子要拆迁了，用不了多久，老家的人也都要住进楼房里了。停了停，她说，也好，咱们有钥匙。

几年过去了，母亲一直保存着那把老钥匙，再也未丢过。

老钥匙陪着母亲风来雨往，不经意间常生斑斑锈迹，但都会被母亲那厚重、灵巧的双手反反复复摩挲着擦亮。

长吻的魔力

王培静

宋阳买早餐回来，轻手轻脚地进了卧室，宁静像个小猫似的倦在那儿睡得正香。他坐在床边仔细地端详着妻子，目光里满是柔情。宁静慢慢睁开眼睛，见宋阳盯着她看，不好意思地问：你干什么这样看着我？不认识啊？

宋阳刮了下她的鼻子，怎么，还害羞？我觉得我老婆越来越好看了。

宁静说，去你的吧，你是想讨我高兴，让我平常对你儿子好一点是不是？

宋阳说，是，也不是，我说的可是实话。来，我侍候你们娘俩起床，待会咱们还得去医院。

吃完早饭，宋阳去洗碗，宁静开始打扮自己。宁静一边化妆嘴里一边哼着歌。等两人收拾利索，刚准备出门，突然宋阳的手机响了。

接完电话，宋阳满含歉意地对宁静说，太对不起你了，老婆，刚才是支队刘政委打来的电话，市政府边上的华威宾馆着火了，已去了五辆消防车……

我真是倒霉透了，每次去医院检查身体，人家都是成双成对，就我一个没有人陪。医生、护士看我的眼光都不一样，好像我肚里的孩子不明不白，不知从哪儿来似的。

火情就是命令，虽然政委说，赵副队长带队去了，但作为支队长，我还是放心不下。老婆，你就再委屈一回，下次我一定陪你去。

他边说边走回了屋里。当从卧室出来时，他已换上了军装，手里还抱着老婆的外套。他走到妻子跟前，温和地说，来，亲爱的，穿上外衣，咱们一起出门。我知道你是刀子嘴豆腐心，你嘴上这样说，心里是能理解我的。

听了宋阳的话语，宁静脸上的怒气消下去了一大半，乖乖地配合丈夫穿上外套，依在丈夫的怀里不肯离开。宋阳用眼光偷偷瞄了一眼墙上的钟表，双手既小心又用力地把宁静抱住，宁静开始还有些拒绝，慢慢就接受了这个长长的吻。当两人结束这个几乎使人窒息的长吻后，宁静娇嗔着说，讨厌，谁允许你

如有来生

亲我的？

宋阳笑着说，今天我这个吻可不是一般的吻，给你体内注入了神力，请你相信，今天你走到哪里，哪里都会有人帮助你、让着你的。

我才不信你的话哪，宁静说。

你回来再说，看看我说的话是不是灵验。

两人手拉手出了门，向路边走去打车，他们还没招手，一辆车从后边过来，轻轻地停在了他们面前。宁静还有些纳闷，司机师傅已经笑着走下了车，拉开另一边的车门，请宁静上了车。

宋阳嘱咐道，别着急，路上小心。司机师傅说，您就放心吧。

看着载有妻子的出租车走远，宋阳又打了一辆出租车，向相反的方向走了。

宁静坐的那辆车开车的是个女司机，一上车她关切地问这问那，几个月了？一切都正常吧？没事多活动，要开心，注意营养，定期检查……一路上，说得宁静心里热乎乎的。下车时，司机不要车费，宁静坚持给，司机说没零钱找，只收了十元钱。下地铁台阶时，一个小姑娘原是向上走的，两人错过后，她回头看了一眼，接着转身又走了下来，对宁静说，阿姨，我来扶你吧。她一口一个不用，不用。但小姑娘还是固执地架住了她的胳膊。

上了地铁，没有空座，宁静刚站稳，一个小伙子站了起来，对她说，你坐这儿吧。她有些不好意思，说，您坐吧。这时离她近一点的一位中年人也站了起来，笑着对她说，您坐这儿吧，我马上到站了。她说了声谢谢坐了下来。她注意到了，实际上地铁运行了好几站，那位中年人也没有下车。她心想，真像宋阳说的，他的吻起了作用？今天净遇上好人了。

到了医院，挂号、检查、拿药，一排队，她后边的人就会主动对她前边的人说，让她排前边吧。她怎么说不用也没用，大家都让着她。回来时她在路上停了一下，一个老大爷走上来问她，闺女，你需要什么帮助吗？她忙说，大爷，不用，谢谢你。去医院这一趟，来回都出奇地顺利。

刚到家门，宋阳也打车回来了。他没有回单位，是直接从火场回来的。脸都没来得及抹一把。一见面，两人同时说出了一句话，你没事吧？说完两人眼里都盈满了泪水。

进了家门，宋阳关切地问，路上有没有人帮助你？

你怎么知道路上有人会帮助我？宁静反问。

我那个吻的神力我还不知道?

瞎吹吧你。虽然这样说,宁静还是满足地笑了。

趁宁静不注意,宋阳偷偷从宁静外套上拿下了别在上面的那个纸条。那个纸条上写着两句话:我是一名消防战士,因有火情去救火了,请您替我照顾她,谢谢。

风水宝地

王世虎

陈亮外出打工，在省城开了家炒菜馆，因为用料新鲜，诚信经营，生意一直很红火。短短几年，陈亮就攒了三四十万积蓄，他决定回老家盖一宅新院子。

盖房是大事，家中的老父母听说后，极力劝陈亮请个风水先生，一定要选处"风水宝地"。很快，陈亮就聘请到一位"功力高深"的风水大师。

约定的日子到了。一大早，大师就来到了饭店。陈亮恭敬地捧上一杯热茶，说："大师，您先喝口茶休息一下，我们半小时后出发。"

陈亮说完，走进后厨忙碌了起来。十几分钟后，陈亮和老婆抬着一大锅热气腾腾的稀饭走了出来，然后又端出一笼馒头和几盘小菜。

大师疑惑道："今天还做生意？"

陈亮憨厚地笑："您别误会，饭菜是给街上的环

如有来生

卫工准备的。"

陈亮的话音刚落，十几个环卫工端着饭盒信步走了进来，自觉排队盛起了稀饭。很快，饭馆里就热闹了起来。

陈亮站起身说："各位大哥嫂子，实在不好意思，因为老家有事，接下来的几天就无法给大家供应早餐了。"

"老板，您太客气了。这些年，您一直无偿给我们提供早饭和热水，我们已经感激不尽了，您家里的事重要。"环卫工说道。

八点，陈亮开车带着老婆和大师准时出发了。

快出市区的时候，突然，前方马路中间的一个下水道井盖"不翼而飞"了。幸好车速不快，陈亮赶紧右打方向盘，巧妙地躲了过去。老婆吓得脸色发白："谢天谢地！谁要是不小心掉进去，后果真是不堪设想。"

陈亮缓缓把车靠边停下来，后面不时传来刺耳的刹车声，好几辆小车差点追尾。陈亮思索片刻，先掏出手机拨打了市政热线，然后下车从后备箱拿出一个红色的大纸箱，盖住了下水道口，并现场充当起了"临时交警"。后面的车，因为看到了醒目的"红色路障"，都提前减速，避开了危险。

十几分钟后，市政人员匆匆赶到，陈亮和对方叮嘱了几句后,这才安心地走了。

快晌午时,终于到家了。听说"贵客"光临,老母亲提前就准备好了一大桌丰盛的饭菜,老父亲更搬出了自己珍藏多年的老酒,拜托大师一定帮忙选处"风水宝地"。

酒足饭饱后,陈亮领着大师在村里转悠。大师的手中托着一个罗盘,眼观六路,耳听八方,口中念念有词。陈亮跟在后面,紧张得大气都不敢出。

这时,村长火急火燎地跑了过来,叫道:"不好了!接连下了半个月的雨,村小学的围墙倒塌了,有几个学生被砸伤。"

"那还不赶紧送医院!"陈亮一听急了,拉着村长便准备走,猛然间又想起了什么,转身说:"大师,实在不好意思,你看……"

"没事,你去吧,我一个人看就行。"大师颔首说道。

陈亮恭敬地给大师鞠了一躬,拉着村长就走了。

一个小时后,陈亮满头大汗地从医院赶回来。而此时,大师也定好了一处位置绝佳的"风水宝地",老父亲和老母亲满心欢喜。

三个月后,新宅顺利建成。与此同时,陈亮的儿子参加高考超常发挥,勇夺全县状元。老母亲乐得合不拢嘴，说："现在你知道风水的重要性了吧，还不快给大师打电话谢恩！"

陈亮立即拨通了风水大师的电话，感激涕零道："大师，真是太感谢您了。您什么时候有空赏脸，我们全家要给您敬杯酒！"

"大兄弟，您太客气了。"大师说，"其实这事和我一点关系都没有，我只是随便帮你选了一处朝阳通风的位置罢了。"

"怎么可能呢？"陈亮疑惑道，"如果不是您帮忙挑选了一处'风水宝地'，我家孩子怎么能高中状元？！"

"何为风水？何为宝地？风水讲究地势的走向和地形的平稳，但好的风水宝地也得有德之家居之方能生辉。对于奸邪的小人，再好的风水也会流失。虽然我和你接触的时间不长，但你内心那份与生俱来的热情、善良、慈悲和博爱深深感染了我。一个人的品行决定风水的好坏，如你这般宅心仁厚，定能汲取好的运势。"大师喟然长叹道，"所谓厚德载物，天道酬勤，花香蝶自来，心善运必至。其实，尘世间最好的'风水宝地'，就是人品的修行啊！"

福临门

王荀

元宵节的晚上,刘强牵着女儿的手,悠闲地在街上散步,远远看到前面广场上,灯光点点。那里正在举行的猜灯谜活动,吸引了市民关注的目光。刘强加快了脚步,觉得猜灯谜对他来说,应该不难。

走进熙熙攘攘的人流,看着头顶灯笼上贴的一条条灯谜,有的很简单,瞟一眼不假思索就知道答案,有的很难,不动一番心思真的猜不出来。"顺治出家"(打一吉祥用语),刘强在48号灯谜前思忖良久,眉头皱了几皱,不知道所以然。刘强性子倔,越是猜不出来越要猜,非要弄出个子丑寅卯来。女儿兴致很高,像梭子似的在人群中穿行,手中拿着几张灯谜,向刘强笑了笑,又钻入了人群。刘强顺手把那条灯谜扯下来,反复思考,寻找猜中"顺治出家"灯谜的突破口。

正在这时，刘强的手机响了。掏出手机，看了一眼号码，刘强怔了一下，接通了电话。

爸，我不想活了。电话那头传来一个小伙子绝望的声音，哽哽咽咽。

刘强的心不由得一紧，孩子，你怎么了？

爸，我真的不想活了。电话那头哭得更响。

孩子，遇到啥伤心事了？别想不开，没有过不去的坎。刘强故作镇静，一字一句，耐心地开导着，孩子，你还年轻，我和你妈还有很多的事情要你做，千万别走极端。

爸，你听我说。小伙子极度痛苦的啜泣声在继续，您知道，我毕业后，到这家上市企业上班，任劳任怨，苦干三年，提为部门副主管。您知道，我天天加班，业绩一年比一年突出。这次，我主管被提拔当了副经理，按说这个主管的位置应该是我。可是，在这个节骨眼上，公司从别的部门提个主管。当不上主管也就算了，关键是新来的主管水平太低，还整天对我指手画脚，让我心里很不舒服。偏偏这时候，我那个谈了三年的女朋友，要与我分手，说我没房没车没前途，跟上我难有出头之日。您知道，我俩是大学同学，这么多年了，感情这东西咋就这样脆弱，说分手就分手，太让我伤心了。爸,你说,我活着还有啥意思?

孩子,为这点小事儿,你就想轻生,真是不值得。刘强心里有点着急,也有点担心,但还是尽量放轻语音,轻轻地说,孩子,我记得一位古人说过一句话,受挫受辱之时,务须咬牙励志,蓄其气而长其智。你是高学历,应该明白其中的内涵吧。

时间一秒一秒过去了,手机那头一片寂静。刘强心里更紧张了,他屏住呼吸,低声问道,孩子,你在听吗?

爸,你说,我听着呢。小伙子的情绪,慢慢平稳下来,说话声音没有开始那么高,那么焦躁了。

孩子,你现在工作失利,情场失意,心情难受,都在情理之中。你这么优秀,工作不顺只是暂时的,总会有个合适的位置在等着你。不想在你这个部门干,可以找领导谈谈,再调整一个部门呀。至于那个女朋友,分手就分手吧,她不珍惜你,你何必为她伤心落泪呢?孩子,你那么优秀,早晚会有更好的女孩看上你。你有光时,人们才会看重你;你没光时,连影子都会离开你。孩子,你在哪里,快回家吧,爹妈都在等着你。

爸,不,你不是我爸,我爸妈已经去世十多年了,

如有来生

是姑妈把我拉扯长大的。现在，我坐在二十层楼顶，眼前放了一瓶白酒，本来准备喝完酒就跳楼的，随意拨了一个手机号，听您一席话，我彻底释然了，心里一下子开朗了，我明白了，还是活着好，活着、努力，就会有更好的在等着我。

这就对了，算叔没白说。刘强如释重负，一颗悬着的心总算落到了实处。

叔，我能叫你爸吗？

能呀，我今年快六十岁了，你爸活着的话，应该与我年龄差不多。

好，以后我就叫你爸，有空去看你。爸，再见！

儿子，再见！挂了电话，刘强又看了一眼那条灯谜，豁然开朗，转身向领奖处走去，笑着问工作人员，48号谜底是福临门吧？

是的，请说明理由。

顺治帝，名叫福临，出家，即出门，合在一起，就是福临门。今天元宵节，这个灯谜是一个多好的兆头呀。

工作人员满意地笑了，把一个很别致的手电筒奖品递给了刘强。刘强接过奖品递给女儿，发现女儿又把奖品递给一个抱着小孩的阿姨。

筷子

王溱

他喜欢筷子,她也喜欢筷子。两人就是在一家卖特色筷子的店遇见的。

"你知道筷子为什么长七寸六分吗?"他问。

"因为人有七情六欲。"她笑道。

"你知道筷子为什么是一双吗?"他又问。

"一根怎么夹东西呀?只能穿肉丸子咯。"

她大笑。他也笑。

相见恨晚,两人很快就住到一起,没有登记,没有摆酒,像两根筷子,很自然摆到同一个筷子盒中。没有登记是因为户口本在家人手里攥着呢。她家人不同意:"他可大你整整一轮!将来你伺候他呀?"他家人也不同意:"准是盯着咱家钱来的。"

不登记就不登记吧,她拎上两个包,打个车到他家,他给她脖子上系上一条红彤彤的丝巾,就算嫁过去了。这两个包，一个是衣服，另一个，满满的都是她收藏的筷子。于是，他家里形形色色的筷子又有了新玩伴：玉石的，檀木的，竹子的，金属的……两人没有举行仪式，筷子倒是享受了十分正式而尊贵的仪式：崭新的铜盆，绣着喜字的小手帕，沐浴，擦干。每一根都被细细擦得非常干净，特别是玉石的筷子，都能照见人影了。那人影是两个，头碰头挨着。

她拉着他一起买菜，挑着芹菜打趣地说："吃芹菜，人勤快。"他一愣："勤快什么？"她捂嘴笑："勤快点锻炼啊，锻炼才能长寿。"他嘟囔着："生命的质量比长度重要，"却把那盘芹菜扫个精光。

他挽着她去海边散步，给她讲自己小时候饿着肚子，躲在柴火堆后翻哲学书的事。她说："幸好你没成为哲学家。"他又愣："为什么？"她眨眨眼说："苏格拉底说了，如果你娶了个糟糕的老婆，你会成为哲学家。我，不糟糕吧？"

他笑了，她也笑。

"世界真大。"她说。

"是的，我们只看了很小很小的一部分，而且还只看到表层形式。"他说。

"我想看更多。"她说。

筷子

"我也想。"他说。

"要不，我们去环游世界吧。"她突发奇想。

"嗯。"他也兴奋起来。

她找来世界地图，摊开，两人头碰头地看，手指很快叠到了一起——希腊，那个古老而神秘的地方。她说："那是维纳斯、丘比特诞生的地方。"他说："那是亚里士多德、柏拉图等哲学大家诞生的地方。"

可是，钱呢？他有钱，可存折和卡都给家人扣着呢。他想回家取，她不许。"那我真成了冲你的钱来的了。"她又说，"我有点积蓄，不够的，我们想办法挣。"

他们腾出一间房，帮几个小孩辅导作业，几个月过去了，除去开销所剩无几。他惴惴提议："卖筷子？"他的收藏里，有一双掐丝珐琅筷，价值不菲。

她皱眉问："你舍得？"他抚平她的眉："筷子两只脚，就是要带我们去逛世界的。"

他们终于去了希腊，没有跟团，他们要找的就是自由。他和她拉着手，在雅典大学里慢慢走着，学生们经过时，都忍不住多看几眼这对"校园情侣"。他和她拉着手，在爱琴海边慢慢走着，感受着外国的海的包容。他们又去了意大利、西班牙、葡萄牙……他不想回国，她也不想，在这里，他们可以是名正言顺

如有来生

的夫妻。

可他们还是回国了,毕竟,哲学是理性的。可哲学又是感性的,他们带回了大包小包想给亲人的东西,最后都送给了邻居。

人们说:"你俩好像天天都在热恋咧。"

她笑了,他也笑。

可美好的日子没过几年,他,忽然就倒下了。

她没有流泪,表情平静,仔仔细细收拾着他的遗物,好像他走得理所应当。她照常买菜,照常散步,回来就替他伺候那一根根筷子,擦了又擦,好像完全听不见他家人歇斯底里的哭骂声。按照遗嘱,房子归她,包括那些筷子。

人们又说:"好像,她也没有多爱他咧。"

据说他的葬礼很风光,是在全市最贵的墓园,宴请前来吊丧的,整个五星级酒店包了场。可是,她都没有出席。她挑了一双他最喜欢的紫檀筷,用白绸打了个蝴蝶结,等宾客散尽,悄悄放到他的墓边,确切地说,是他和他原配夫人的墓边。

她卖了房子,把钱捐给一所中学建了个哲学馆,他们收藏的筷子成了里面的珍藏。一切安排妥当,她背起行囊,按着之前两人计划的路线继续出发。直到

筷子

走不动了，眼也花了，记忆也不太清楚了，恍惚中，她又听见他问："你知道筷子为什么是一双吗？"

她当然知道了，一阴一阳，合起来才叫圆满。咱老祖宗的哲学哟，本来就不比古希腊差。

哦，那是当初两人相遇时他问她的，那年，他七十六岁，她六十四岁。

老李和麻将

魏福春

老李退休了。退休后的老李迅速转换了角色，无所顾忌，一身轻松，几乎每天中午往这家小饭店跑。老板娘人到中年，风韵犹存，见到老李，一阵风般迎上前来，引着他坐定，不用老李出声，利索地在菜单上写下数只冷盆热炒，外带四瓶啤酒和一大碗面条。老板娘对老李，青眼相加。

老李悠然自得地拿起手机，呼朋唤友。

人员基本固定，张、钱、王，连同老李，四位。不同的是往日每周五的晚上，如今是天天中午。不变的是饭后余兴，小饭店楼上是棋牌室。老李喜欢摸几圈。

啤酒一人一瓶，面条各取所需，早早吃罢，四人上到楼上。棋牌室一切就绪，泡好的龙井泛着浓浓茶香。茶叶是老李存放在此的。他们通常到下午四点左右，而后起身离座，道一声：明日见。各奔东西。老李随后会去旁边的菜市场。清闲下来的老李，承包了家中晚饭事宜。

往年的老李，牌桌上鲜有败绩，张、钱、王三人排着队缴付学费。麻将是小麻将，娱乐为主。一到子夜时分，分手之时，老李腰板挺得笔直，指着当晚的输家张或王或钱："今天你没发挥好，不要气馁，下次打个翻身仗。"

白天的运气就有点不一样了，想来是在一个星期之后，风水渐渐地转了。起初众人也没在意，一日又一日，十天里有八九天，他老李一人独输。结束时，张或王或钱笑着看向他："买菜的钱还有吧？"老李笑笑："勿要开心得太早。"

老李如今的生活极为简单——家里、小饭店、菜市场，唯一的爱好依旧是麻将。麻将桌上，手机时常冷不丁地响起，音乐很美——我要登上，登上山顶，去寻觅雾中的身影……这是老李喜爱的一首歌。不过摸着麻将牌的老李毫无陶醉的感觉，瞄一眼，迅即挂断。片刻又会响起，索性关了手机。张或王或钱便说："接吧，不着急。"老李抬了抬眼睛："骚扰电话。"老李痴迷的是麻将。因为喜好稀里哗啦的桌上游戏，

如有来生

他始终在原地踏步,直至退休方享受到副科的待遇。张、王、钱互相看看,脸上会心地一笑。这个老李,一退休,牌技也是一泻千里——

张、王、钱皆是老总。老总是尊称,说白了,小老板而已。张总开的是小五金店,王总的是头上功夫——理发店,钱总经营着水果店。他们的小店就在附近的一条街上,那时老李没少关心、扶持。

此一时彼一时,时间长了,张、王、钱家里多少有了杂音,生意不好好做——老李非以前的老李。这是家里人的见识,张、王、钱一如既往,中午11点半,手机一响,即刻来到小饭店。现在的老李,对他们来说就是一个需要陪伴的老人。每天中午他们与其说在等待老李召唤,不如说在盼着老李电话。

老李突然没有了声音。

那天张、王、钱等到12点也没听到老李的呼唤,三人一通电话,不约而同地道:"去小饭店。"他们先前都打了电话,老李的手机处于关机状态。

老李不在小饭店。张、王、钱面面相觑,什么情况?老板娘说老李麻将戒了!张、王二人不以为然地相视一笑,怎么可能?钱忽然发现了什么,一拍脑袋:"明白了!"张、王一惊,怔怔地看着他。钱道:

"我们当年在牌桌上被他赢走的那些钱——"

当年，三人开店伊始遇到困难，都是老李帮忙，张、王、钱小店开张后一次次欲感谢老李，老李无动于衷。后来知道老李对麻将情有独钟……张恍然大悟似的点着头，王摸了摸后脑勺："不至于吧，那些钱加在一起不够买两瓶酒……"

"老李这个人，不占别人便宜！"老板娘满脸尊敬。当年她的小饭店得以顺利开业，老李操了不少心，一时还传出过他俩的不少闲话呢。

这——张、王、钱一时无语。

喊一嗓子

文立

妻子的表弟从山中来,到城里给家餐馆打工。因为合适的房子一时半会儿找不到,便暂寄寓在我们家。开始我还有些顾虑,担心他会搅扰了我们的生活。可慢慢我发现,他很懂事儿,挺有眼力见儿的。比方说吸烟,他会打开窗户探出头去,把烟雾吐在外面。每天他会早起,绝不肯在家吃饭,即使我们几次特意提前准备,他总推说:"餐馆的饭不吃白不吃啊!"然后溜走。他总晚归,不看电视,也不聊天,常常打声招呼便径直进自己房间熄灯睡觉。

为此,妻子感到不正常了!

这天等他回来,妻子生气地叫他出来,说:"你老这么闷着,老这么见外,老这么不爱讲话,我们感到别扭,你知不知道?"

他苦着脸,支吾半天,才说:"姐,我想家,不想干了！"

"咋？干得好好的，怎忽地不想干了？"妻子莫名其妙，问："莫非老板待你不好？"

"不是，姐，老板对我不错，又给我涨钱了！"

"那，什么原因啊？莫非在我们这儿住不惯？"妻子继续问。

"也不是，姐。"他顿了顿，腼腆地补充说，"只是，我觉着憋得慌。"

"憋得慌？那，怎样你才感到不憋得慌？"我接过话。

"我，我想——喊一嗓子，痛痛快快使劲儿喊一嗓子！"他说。

"喊一嗓子？"我瞅着他笑了，说，"那还不容易！"

"真的？这会儿，我真可以喊一嗓子？在这儿，能像在我们山里一样，那么随意、那么无拘无束地喊一嗓子？"一瞬间，他兴奋了。

我匆忙岔开话题，问："你在山里经常喊一嗓子吗？"

"是啊，姐夫。比方说我感到憋闷了，会跑到山尖上去，很过瘾地喊那么一嗓子。——现在，姐夫，我特想站到楼顶上，喊一嗓子，成吗？"

"这个，当然，"我喘一口气，"说，不成！"

说完，我赶紧解释说："你想啊，现在什么时候？深夜！你深夜里一喊，别人还睡觉不睡？人家肯定认为发生什么大事儿啦！再说，这是居民区，上上下下，左左右右全是人啊！"

我观察到，他神情黯淡下去了。

"哦，我知道不成。"他失落着低下头，说，"这段日子，我抽空在城区转悠好几次了，想找个能喊一嗓子的地儿，可哪儿也不合适。夜里不行，白天也同样不行。若我真不管不顾喊一嗓子，那肯定，肯定所有人认为我是精神病！"

"哈！"我笑了，我试图通过笑来缓解这一尴尬。

"唉，太闷了！"他叹着气，往自己房间走去。

"好办！要不你开车拉他出去，让他喊一嗓子？"妻子突发奇想，对我说。

我犹豫犹豫，答应了，说："行，要真睡不着，咱这会儿就去！"

"好啊！"他愉悦地应和着。

这样，在快进入子夜的时刻，我竟开车拉着妻弟驶向城外了。

到哪儿去呢？我想想，说："干脆，送佛到西天，干脆再走远点，找个有真山的地儿，让你切实感受感受在老家那种喊一嗓子的感觉!"

"太好啦!"妻弟激动得叫起来。

离城四十里,有一孤山,山并不高,应属于太行山余脉吧。我知道它周边几里内尚未有人居,还有路直通山顶呢。

约半小时后,到了山脚下。我望望黑黢黢的山,说:"到啦,你喊吧。"

妻弟走下车,说:"那我去了,你耐心等!"

我坐在车里,静待着妻弟那过瘾的一喊。

然而,好长时间,仍听不到。

我担心了:不会出什么事儿吧?

下车,我借着星光仰望山上。隐隐约约,似乎有晃动的黑影,却又似乎没有。正当我想喊妻弟一嗓子时,终于,妻弟的声音在山顶响起来。

他喊着:"啊——"

他喊着:"哦——"

声音粗犷,婉转,悠远,绵长,极具穿透力。

仿佛积聚多年的块垒顷刻间完全被吐出般!我听着,也深受感染,猛生出喊一嗓子的欲望了!我笑着摸着沿着山路登上去,开始回应他的喊声。

凑到他身边,我说:"痛快了吧?过瘾了吧?"

他说:"痛快了,也过瘾了!你再让我喊最后一嗓子,咱即回!"

"哈,好,你尽管喊啊!"我说。

想不到,妻弟这最后一嗓子喊得却苍凉异常,沉重异常。他喊的是——

"换——香油——来哟!"

这哪儿跟哪儿啊?我看过去,见他早已然泪流满面。

"怎么啦,你?"我实在摸不着头脑,问,"你不是痛快了吗?过瘾了吗?"

他抹着泪,解释说:"姐夫,是这样,这句,是替我父亲喊啊,他老人家生前一直做换香油营生,喊了它大半辈子……"

仿古赵

吴宝华

清朝乾隆年间,台州府永安县县衙边有一条古玩街。

古玩街中段有一间小门面,门楣上挂着一块金字匾额,上书隶书"仿古赵"三字,店内装饰古朴雅致,古色古香。店主赵友明五十出头,瘦小干练,十指修长,双目有神,日常悠闲地坐在店堂里,照看生意。店里做的是仿制古玩的生意,顾客不多,生意不咸不淡,勉强度日。

这天,店门前人影一闪,进来一个二十来岁的青年,手里抱着一个朱红漆匣子。

青年走到赵友明面前说:"师傅,请您看看我这个铜鼎,您能仿制吗?"说着,他打开匣子,揭开上面盖着的红绸。

赵友明眼前一亮,这是一只春秋时期的小铜鼎,存世不多,价格在一千两白银左右。

赵友明不动声色地说:"这铜鼎仿制难度很大,至少要一个月以上,还不一定能仿制出来。"

青年从怀中掏出二十两银子,说:"麻烦师傅费点心,这二十两银子作为酬劳,不知愿意一试否?"

赵友明点点头说:"我试一试,一个月后你来取货。"

青年答应一声,悄悄地退出店去。

第二天,赵友明就动手制作模具,他用调制好的陶土,在铜鼎上拓下形状和花纹,再把陶土烧制成模具,然后把家里存着的废铜熔化了,灌入模具,冷却后,取掉模具,一只铜鼎就出现在了眼前。

紧接着,他开始做旧,用调制好的酸液一次次泡铜鼎。

二十多天后,铜鼎上出现了铜绿,他仔细观察青年送来的铜鼎,增减仿制铜鼎铜绿的厚薄、明暗,一个月后,一只仿古铜鼎出现在了眼前,简直可以以假乱真。

青年来取货,见到两只一模一样的铜鼎,啧啧称赞,叹为观止。

赵友明微微一笑,指出真假铜鼎,看青年明白无误了,才让他取走。

过了两个月,赵友明去朋友家做客,这位朋友爱好收藏古玩，因家底殷实，家里藏品丰富，琳琅满目。

朋友知道赵友明痴迷古玩，便领他去收藏室观看鉴赏。

赵友明欣赏朋友的藏品，暗暗点头赞叹，忽然看到博古架上一只铜鼎十分眼熟，他取下一看，分明就是两个月前自己仿制的那只。

朋友见他捧着铜鼎反复看，便得意地说："怎么样？这铜鼎是我花一千两银子买来的。我在古书中见过，是春秋的铜鼎无疑。"

赵友明笑笑说："可以借我把玩两天吗？"

朋友大度地说："你想玩多久都行，记得还我就行啦。"

赵友明将铜鼎带回店中，他相信那青年尝到甜头，还会来的。

果然不出所料，过了十天，那青年又抱着红匣子来了，也是掏出二十两银子请赵友明仿制，赵友明爽快地答应了下来。

过了一个月，青年来取货，赵友明把两只一模一样的铜鼎交给了他。

次日，赵友明把一只铜鼎送到朋友家里。

过了三天，青年气急败坏地冲进门来，把两只铜

如有来生

鼎摔在地上,大声质问:"你为什么给我两只假铜鼎?我要报官抓你!"

原来,当青年再一次卖鼎时,买家拿放大镜一看,在两只鼎内都看到"仿古赵"三个蝇头小字,明白这是仿品,不值钱。

赵友明不动声色地说:"你不是两次来我店里仿制吗?我当然做了两只假铜鼎,这没有错啊!"

青年气势汹汹地说:"我那只真铜鼎呢?"

赵友明笑道:"你不是卖了吗?卖了一千两银子!"随后报出了朋友的名字。

青年一听,知道自己卖假铜鼎的事败露了,顿时像泄了气的皮球。其实他并没有吃亏,事实上只是把真铜鼎卖掉,再不能投机取巧了,他只好抱着两只仿古铜鼎灰溜溜走了。

从此,赵友明仿制古玩时必得在古玩上刻上"仿古赵"三字,以区分真品和赝品,以免别人上当受骗。

他的仿古技艺逐渐达到炉火纯青之境,店里的生意也蒸蒸日上。

百年之后,他的仿品也成了文物。

下手速度

吴港

这天午休,小吴听见同事大李打电话说:"老婆,我买的彩票中奖了,五百万!嘘,你不要张扬出去,晚饭给我开瓶酒……"说着,他挂了电话。

小吴惊呆了:以往他总和大李一块买彩票,每次都选同样的号,这次自己漏买了一期,竟然错过了发财的机会!他做梦也想买套新房,要是中奖了,新房不是手到擒来了吗?

见小吴羡慕的神色,大李笑道:"今天是愚人节,我蒙骗老婆混口酒喝,你还当真了?"小吴这才明白过来,尴尬地笑了。

大李怂恿小吴也骗骗老婆,小吴想了想,打电话给老婆:"我托大李买的彩票中奖了,五百万哪!"老婆激动极了:"什么?五百万!"小吴说:"别激动!给我准备点好吃的,等我晚上回家!"挂了电话,

如有来生

小吴和大李贼兮兮地对视一眼，笑了起来。

谁知到了下午，大李老婆打电话来了。大李听了一会儿，脸色大变说："什么？你买了个名牌包，要两万块？"他叹了口气，"是是是，中了大奖是该花……"

挂了电话，大李对小吴说："自作孽不可活！这下我可惨了，赔了钱还得被老婆骂……"

小吴说："你老婆下手速度也太快了！"

大李无奈地说："这败家玩意儿……平时就喜欢买买买！"

小吴一边安慰大李，一边想：还好我老婆比较节俭，肯定干不出这种事儿来。就在这时，小吴电话响了，是他老婆，他接起来，只听老婆兴奋地说："老公，我现在在售楼处，我们前段时间看中的那套房子，我刚把首付给付了，这儿好多人，幸亏我下手速度快！"

坠落过程

吴万夫

那天,她从菜市场买完菜回来,走到自家楼房对面的马路那边,突然看见三岁的儿子正爬到没有栏杆的阳台上。

那是一幢三层建筑物。按最迅捷的速度计算,从楼下跑到楼上,尚需一段时间,何况她当时还在马路的这一边,根本没有选择的余地去抱下儿子。

她的心猝然悬在嗓子眼儿,紧张得窒息了一般。她清醒地意识到儿子一旦跌下来的最终结果:即使不摔成肉饼,也会摔个头进脑裂!她像一尊泥塑木雕,立在那里痴傻了一般。

在她看见儿子的同时,儿子也惊喜地发现了她。她下意识地摆摆手,示意儿子赶紧爬下阳台,离开危险地段。

可是儿子却错误地理解了她手势的意思,做一

如有来生

个拥抱的姿势向她扑来——儿子一脚踩空，跌了下来——

"儿子——"

在那一瞬间，她的一声杜鹃啼血式的尖利呼喊，宛若鹰隼的长喙，扎破了所有人的耳膜；又如一只小鸟，扑打着银白色的翅膀，剑一般划破了城市的晴朗上空。所有的行人和车辆，立时便都像患了一过性的意识丧失，刀切般地定格在那里。就在这短短的时间里，人们似乎都看见了她的儿子所处的绝境。有人痛苦地闭上了眼睛；有人眼睁睁看着她的儿子在空中划出一道优美的弧线，若一只翻飞的小燕子，倒栽着跟头跌了下来。人们知道那个场面将惨不忍睹，个个都埋下了头。

但谁也不会想到，就在他们闭上眼睛的一刹那，却有一道黑色的旋风，从他们眼前呼啸而过，绕过所有的障碍物，穿过一条十几米宽的马路，向她的儿子坠落的地方冲去。

当人们愣怔过来的时候，发现她正跌坐在地上，三岁的儿子在她的怀里哇哇大哭。

儿子安然无恙。

她却脸色惨白。

好奇的人们纷纷围拢上去,问长问短。有的对她惊叹不已,又有的对她表示怀疑,因为按照距离和坠落速度,她根本不可能及时赶到并稳稳接住。可是当时的现场,除了她又没有第二个人——不是她,还会是谁呢?

当人们再三询问时,她却嘴唇乌紫,汗珠涔涔,蓦然晕厥过去。在众人的积极抢救下,她才苏醒过来。

人们坚信是她救下儿子确定无疑了。

多少天来,人们一直对这件事情非常感兴趣,街谈巷议,沸沸扬扬。

后来,市电视台知道了这件事,决定以《母子情》为题,拍摄一部反映社会伦理教育的片子。

导演循着人们提供的线索,找上了她的家门。尽管导演再三央求,却遭到她的满口拒绝。导演又提出给她一笔丰厚的拍摄酬金,她仍是闭口缄默。街道居委会的人也对她进行苦口婆心地劝说,她思忖良久,才没带任何条件地答应下来。

导演请来了特技设计师,依照她的儿子制作了一具形态逼真的模型。可是在投拍的时候,怎么也达不到预期效果。尽管她拼命冲刺,气喘吁吁,总是距模型坠地好长时间才能赶到。导演很着急,试拍了几次

如有来生

都没有成功,后来干脆又找来一名运动员作为她的替身演员。但运动员使尽浑身解数,仍是不遂人意。

  人们永远没有看见那个真实的坠落过程。

瑟犄

奚同发

楚墓打开，周边顿时弥漫着一股陈年老土气息。一件件瓷器、青铜器经过白手套重见天日，其精美令人叹为观止。那些楚简更是引来一片欢呼。据部分出土物件判断，墓主级别不低。

几天后，一名工作人员蹲着清理土层，小毛刷下"嘚~"一响，惊吓得他全身一个激灵，既怀疑自己的眼睛，更不信自己的耳朵。面前条形土方上碎屑斑块纷纷脱落，不久便露出颤动的丝弦……

电话响起时，刘正权正在银杏树下喝茶，他喜欢喝烫嘴的茶，烧水都用的多年前从日本买的老铁壶。作为知名的瑟研究专家，至今学界没有考证出古瑟演奏之法，所以，有时看着舞台上别人用弹古筝的方法奏瑟，他心底就暗笑。李商隐诗"锦瑟无端五十弦，一弦一柱思华年"，与七弦之琴相比，瑟的五十弦将

如有来生

演绎出怎样宽广的音域？

经过月余清理，横陈眼前的古瑟，一米五长，四十厘米宽，整木斫成，表面微隆，内体中空，下有底板。首端列一长岳山，尾端布三短岳山，岳山外侧对应弦孔。除了系弦的枘有损，最关键的定音柱也移了位。

考古人员电话里说，与以往发掘的古瑟不同，这把瑟只断了一根中弦，其他四十九弦单弦均可弹响，但整把瑟却弹不响。手握话筒的刘正权脸部发烫，还有弦存？太不可思议。七八千年前的贾湖骨笛出土后都可以吹响，如果让此瑟重新弹奏起来，将是一个多么重大的考古发现和新闻？而让古瑟的生命再现，成了他的特别使命。难道这就是他等待半生的那把瑟？

虽历经地下千载，瑟的板面髹漆依然色泽艳丽，质感丰润温厚。刘正权发现，与以往考古发现的单纯材质瑟弦有异，此瑟弦由蚕丝、牛皮筋及其他动物皮革、毛发混编而成。于是，各种动植物研究专家登场、论证，除了一种似是而非的狐尾毛外，其他并非目前人们所知的野兽类。难道是绝迹的某类？各执一词，又常哑口无言。而后有一天，他和几位专家看到一面挂鼓时目光突然一碰，天哪，弦丝难道是……

接下来的一段时间，他把自己与瑟单独关在一起，先是试着把那些乱了的弦柱一一归位，再依内、中、外三组弦的不同排列，一一试调音高、音阶。当然，在这个过程，他发现了一个惊天的秘密。

当一切完工，走出瑟室，他一脸兴奋。一干人急急围上来，听说可以试奏，顿时欢呼雀跃，毕竟此事早成为文物局及省领导重视的项目。多日未回家的他当晚一进门倒头便睡，夫人惊讶地发现，他身上是一道又一道紫色印痕……

试奏仪式不过十余人参加，隆重而肃穆。

记者的镜头是从整个瑟体缓缓推向一根根崩得直直的弦，特写镜头下但见弦丝油光温润，体态充沛，简直像等着上战场的昂扬武士。

刘正权盘腿坐定，面前燃起一缕陈香，膝上横搭楚绸，楚绸上横置古瑟。稍许，他缓缓睁开双眼，像从一个遥远的地方醒过神来，目光找到侧前方，似有似无一点头。那青年手中两把鼓槌高扬，"咚"的一响，而后鼓点由轻至重，且渐加密，待到如狂风暴雨之势却骤然中断，听者才沿着音乐注意到另一侧操琴者双手或提或按，由低渐高行云流水而至的琴声。

待到琴声浪涛滚滚，刘正权右手拇指外挑一下瑟弦，再迅速用食指、中指、无名指朝怀里一拨，中间十四根弦随之一颤，虽默默无声，却根根抖动。他长舒一口气，左手无名指再一挑中弦，右手四指向外拨，然后左手四指下按，右后掌心一走十四根上弦，屋内立刻传来空灵天籁一响，直抵每位听者耳底。

左抹，右勾，交替的擘、托、按、摘，各弦纷纷跟着他的手指飞动，一时如行伍列队，由远及近，呼啸雄威；一时左鸣右和，美目盼兮，有凤来仪；此一时，清泉丁咚，涧谷回环，山花烂漫……

听众无不随琴瑟和鸣而身心俱动，恍惚其外又身陷其中。

"呀……"刘正权的叫声，与中断的琴声、鼓点，让大家似乎从梦中惊醒。再看他右手拇指鲜血滴答，面色惨白，浑身颤抖。面对大家的慌乱，他摆摆手刚说了句不碍事不碍事，那瑟便传来鞭炮似的接连炸响，弦丝一根接一根崩断……

本来计划试奏完再告诉大家，他是从一个移位的枘上发现了楚文"犄"字，才明白需要把瑟底板四角打开，还要取出内仓所存那根中弦并让其归位，整瑟五十弦才得以共鸣——这不是一把寻常的瑟，而是一位工艺高手受哪个帝王所托为后人所制的挑战之器。那弦丝中所混料质，不仅有奇珍的九尾狐毫，更残酷地兼有许多美人的牺牲……

眼看瑟体亦裂，崩断之弦似一位狰狞狂者之披头乱发，他一边吟叹"庄生晓梦迷蝴蝶，望帝春心托杜鹃。沧海月明珠有泪，蓝田日暖玉生烟。此情可待成追忆？只是当时已惘然"，一边起身而去……

此后，刘正权把家中所有研究瑟的材料及实物全部捐给了母校大学，再也不理会任何与瑟相关的新闻，只闭门喝自个那烫嘴的茶了。

琴声

夏文兵

女儿说他们钢琴班来了一名新生,是一位老爷爷,老师让他们叫他李爷爷。李爷爷好像很笨,几个简单的音符都要练很多遍。老师说他的手势不对,像是在发电报。女儿好奇地问我:"妈妈,什么叫发电报?"

"电报机是以前的一种通信工具,有一个按键,要用一只手指去敲击,根据敲击的频率来表示不同的文字。我估计李爷爷不像你们那样,十指都在琴键上弹奏,他大概是用一根指头按琴键。"我在手机上找了一张电报机的老照片,一边给女儿看,一边解释着。

"对,他刚开始就用一根指头弹奏,老师让他把两只手都放上去,还手把手教他,可一个简单动作李爷爷都要学很多遍。这么大的年纪了,为什么还要来学琴呢?"女儿不解地问。

"李爷爷真了不起,这么大的年纪还跟你们小孩子一起学琴，这就说明他很有勇气。人的岁数大了，手指灵活度就差，记忆力也衰退了，学习新事物肯定没有你们小孩子快。也许李爷爷年轻时忙于工作，现在退休了，想学点东西丰富一下晚年生活，圆以前的梦想，多好呀！"听完我的话，女儿点了点头。

之后，每次接送女儿时，我都会留意一下那位李爷爷。他花白的头发，腰背有点佝偻，练琴时一直努力挺直腰杆。不过没一会儿就累了，悄悄哈一下腰，等老师的目光转向他时，他又努力坐正了身子，干枯的手指缓慢地游走在黑白相间的琴键上，如枯枝在黑山白水间漂浮。

不论风雨寒暑，李爷爷都是第一个到教室的，他认真地听讲，反复地练习，进步却很慢。李爷爷的学习精神很让我佩服。我也好奇，退休后的娱乐生活有很多选择，跳舞、唱歌、画画、写字……老人家为什么选择学钢琴呢？

一天，我带女儿去朋友家玩，朋友家楼下传来一阵琴声，我和女儿都竖起耳朵认真听，那弹琴的人应该是新手，旋律很不流畅，就这么一小段，已经不断重复练习了很多遍，还是一点长进也没有。

听着听着，女儿小声说道："这段是我们老师这

如有来生

几天教的,我早会了,这个弹琴的会不会是李爷爷呀?"

朋友吃惊地问:"你认识楼下的李爷爷?"

"不会这么巧吧!跟我女儿一起学琴的,有一位姓李的爷爷,岁数挺大,花白头发。"我说。

"应该就是楼下的李爷爷。"朋友肯定地说,"这老两口真不容易。他们的儿子等女朋友等了很多年,女孩回来了,两人结婚的日子都定了,可他们的儿子却出车祸去世了。李奶奶一时接受不了,精神错乱,一直不见好。有一次,他们亲戚家的小孩来看他们,小孩看到钢琴好奇,就伸手弹了几下,李奶奶一听琴声,马上平静了很多。李奶奶儿子从小学琴,练琴,考级都是她接送、陪同的,整天忙得脚不沾地,只有在儿子弹琴时,她才有空打个盹。也许习惯了,听到琴声,她反而能踏实地眯一会儿。李爷爷这才开始学琴的。"听朋友的这席话,我更加佩服李爷爷了。

离开朋友家时,在楼道碰到李爷爷。他热情地邀请我们去他家坐坐。还没等我推辞,女儿就拉着李爷爷的手蹦蹦跳跳地随他进屋了,我也只好跟了进去。

李爷爷家很整洁。客厅角落放着一架钢琴,钢琴上面摆着相框,是一对新人的婚纱照。沙发上坐着一位头发花白的老太太,她戴着眼镜,衣着很得体。

李爷爷连忙去厨房洗水果。

老太太悄声问:"小朋友,你是爷爷的同学吧?你们一起学琴,他是不是很笨呀?"

女儿笑了。我有点惊讶地看着老太太。

她又低声对我说:"我没病。儿子没了,老头子就是我的天了,我不能让他也倒下。我装病,他就没有选择了,只能坚强起来。听到琴声我心里是好受点。没想到,他还真去学琴了。我估计他学十年都弹不好。这样也好,能经常跟孩子们在一起,他的心结也会慢慢解开。"

听完老太太的话,我一时不知道说点什么。

分界线

夏艳平

那是一所简易的乡村小学。

在那所小学五年级的教室里,一个扎着羊角辫的女孩,拿着一把削铅笔的小刀,在课桌中间来来回回地划着。

课桌有些硬,女孩划得很吃力,没多一会儿,鼻尖上就闪着几颗晶亮的汗珠儿,汗珠儿快要滚落的时候,课桌中间终于多出了一道小沟。女孩指着那道小沟,对身边一个黑瘦的男孩说:"哎,你看好了,这是'分界线',你要是突破了,别怪我不客气。"

女孩说得煞有介事的,男孩只侧过头去,轻描淡写地看了一眼,连话也没回一句。

男孩不喜欢说话,上课总是端端正正地坐着。眼看着一个学期就要结束了,他还没有越过那条线一次呢。

女孩有些急了。

分界线

一天下午，上到第四节课时，男孩大概有些倦了，张开两条细长的胳膊，趴在课桌上。小学生的课桌不长，他这一趴，一条胳膊就越过了"分界线"。

看着男孩伸过来的胳膊，女孩心里的花，竞相开放着，最后，并成了一朵，开在她的脸上。

脸上开着花的女孩，慌慌地拿起铅笔，像个初次扎针的护士，对着那条黑瘦的胳膊，颤颤地扎了一下。

"哟——"男孩缩回胳膊，朝女孩这边看一眼，仍没有说话。

女孩心里一凉，开在脸上的花，突然就僵了。

"木头！"女孩恨恨地看着那条黑瘦的胳膊，真想一把扯过来，狠狠地咬上一口，咬出血来。

毕竟是在课堂上，女孩不敢太放肆，只有把那口气憋着。这对女孩来说，真的太难了，小脸都快憋出血来了。就在女孩快要憋不住的时候，那条黑瘦的胳膊，又善解人意地伸了过来。这次，女孩没有犹豫，拿起铅笔，猛地扎了下去。

男孩像触了电一般，身子一抖，差点从座位上弹起来。

男孩轻抚着痛处，轻声问女孩："你怎么老扎我？"女孩指了指那道小沟："你怎么老过'分界

如有来生

线'？"男孩看了看那道小沟，微微地点了点头，像是说她扎得有理。

纷争需要双方较劲，男孩不接茬，一个人再闹就没有意思了。女孩只好把精力又转到了课堂上。

老师正在讲《农夫和蛇》。老师讲得很精彩，女孩的思绪，很快就跟着老师的讲演，蛇一样游弋在那则寓言故事里。

女孩越听越气愤，那条蛇也太不像话了嘛，怎么能咬好心救它的农夫呢？女孩这样想着，一阵疼痛感，从胳膊上钻进了她的心里。

女孩惊叫着从座位上弹起来，拼命地甩着那条疼痛的胳膊，像是要甩掉咬住她的蛇。

女孩的惊叫声，招来了大家的目光，老师转过身来，问："你们搞么子鬼？"

女孩指了指身边那个黑瘦的男孩："他用铅笔扎我。"

男孩分辩说："她先扎我。"

女孩说："你过了'分界线'。"

男孩说："你也过了'分界线'。"

老师很快就明白了。

老师说："放了学你俩都留下来，抄课文。"

留下来抄课文，是老师惩罚调皮学生惯用的招数。

分界线

男孩抄得快,他抄完了,女孩才抄了一大半。男孩把抄完的课文交给老师,说:"老师,我可以回家了吗?"

女孩一听就急了,忙说:"老师,他不能回家。"

老师惊奇地问女孩:"他课文抄完了,怎么不能回家?"

女孩说:"天都黑了,他回家了,我一个人害怕。"

老师看了一眼窗外渐浓的暮色,转身对男孩说:"你等一下,跟她一起回家。"

男孩走在前面,步子迈得很快,女孩跟不上,就在后面喊:"喂,鬼赶你呀,走得那么快?"男孩说:"还真的有个鬼在赶我呢,一个赖皮的女鬼。"

男孩的步子,明显地慢了,女孩紧跑几步,赶上了男孩,乘机挽住了男孩的一条胳膊。

"你拉我的胳膊干吗?"男孩吃惊地看着女孩,并用力想把胳膊挣出来。

女孩紧紧地拉着男孩的胳膊,摇晃着身子,羞怯地说:"人家怕嘛。"

男孩看了一眼女孩,没有说话,但胳膊也没再往外挣了。

继任者

谢松良

樊家面馆店铺不大,除了卖面条外,还兼卖炒菜、卤菜,以及米酒。因为是小店,没有聘请服务员,七十多岁的老板樊老头和老伴兰姨忙进忙出,整天乐此不疲。

樊老头每天起得早,天微微亮,面馆里便响起锅碗瓢盆的撞击声,或者剁肉砍骨头的声响。我吃过早饭上学,故意绕道经过面馆,总爱在店门口怯生生地往里张望一阵。若是被樊老头看见了,他准会走过来问我:"小孩子不赶紧去上学,在这里逗留个啥?迟到了,小心挨老师的批评。"

"不会的,我走路快。"我低声回他。

去的次数多了后,我便和樊老头熟络起来。有一回,我忍不住问了一件闷在心里很久的事情:"你的生意这么好,一到吃饭时间,店里的客人都挤不下,为何不扩大经营呢？"

樊老头告诉我，做生意铺子大，可能多赚钱，也可能不赚钱；大有大的难处，小有小的好处，小打小闹以一当十，做精做细，说不定小本生意也能做出点名堂。从樊老头的话里，我悟出：做人和开店是一个道理，只有走适合自己的道路才能成功。

我那时正念高中，学习成绩不理想，每次考试一个头两个大，樊老头的话点醒了我。我决心偷师学艺。到了周末，我时常装作无所事事的样子，去樊老头那里凑热闹。客人不多的时候，我站在樊老头一旁问这问那，他的一招一式都逃不过我的眼睛。

终于，给我看出了门道，面条煮得好不好吃，主要是看拌面的臊子，我细细点数，樊老头主要卖以牛肉、肥肠、瘦肉、猪杂、炸酱等为配料的面条，作料有红油、胡椒粉、花椒、盐巴、猪油、葱花、陈醋、酱油、蒜末、姜水、料酒共十一味，还有两味装在陶罐里，看不见也猜不透。

一个周末，我如期到了店里，兰姨招呼纷纷涌入店内的客人落座，收了钱，一一写好单交给樊老头去做。不一会儿，煮好的面条端上来，肥肠、牛肉、精瘦肉等臊子，配以芝麻和秘制豆瓣烧制酱料，宛如红

如有来生

玛瑙一样覆盖在面条上，泛着微红的面汤上浮着星点绿色葱花，面条里面再藏上几片翠绿的青菜叶，刚一入口，麻辣鲜香口感直透脏腑，那叫一个香啊！

客人们发自内心地打趣道："樊老头，你这面条真是人间美味啊！"眼尖的客人看到我在樊老头跟前鞍前马后，就问："喂，老头，你收徒弟了？"见樊老头不置可否，客人又笑着说："你也该收个徒弟，要不然，你哪天去了天堂，我们去哪里吃这么好吃的面条呢？"

这时候，樊老头拉着我冲到那位客人面前，歪着脖子红着脸对他说："你还真说对了，他就是我收的徒弟。"

我生怕樊老头反悔，立马给他行拜师礼。樊老头一把扶起我，说："你这个调皮的孩子，也懂这个。"然后，樊老头像捡了宝一样，扬声对客人们说："你们常来帮衬我的生意，我很感激，借收了徒弟的机会，我今天就好好露一手，做两桌下酒的好菜，庆贺一下。"

樊老头炒菜，我在一旁打下手，他悄悄地对我说："小子，你看好了，我不光面条煮得好，菜烧得更好吃。"果然，菜一端上桌，就传来一片叫好声，客人说:"樊老头,你这几样菜煎炒烹炸卤炖都全了,味道堪称一绝,神厨啊!"

兰姨在一旁说:"你们今天能尝到我家老头的手艺,全沾我家徒弟的光了。"我心里那叫一个美啊!

我跟樊老头学厨艺的事传到父母的耳朵里,他们不反对也不赞成。拿到高中毕业证后,我干脆搬到樊家面馆去住了,一心一意跟着樊老头学厨艺。

三年后的深秋,樊老头无疾而终。樊老头无儿无女,根据他老人家的遗愿,我成了樊家面馆的新主人。而这时,传来了政府要整体搬迁到樊家面馆对面新楼办公的消息,一些嗅觉灵敏的商人,天天来找我们谈面馆出售或转让的事。

面对他们开出的优厚条件,我动了心,劝兰姨将面馆转出去,去其他街道另开一家。一切谈妥,正当我要在转让协议上签字时,樊家面馆的招牌突然掉下来,我一惊,手中的笔掉在了地上……

橘子熟了

徐建英

村子不大，山连着山，连绵迤逦，到村子边沿，陡地平缓下来，孤零零地伏卧着一个很大的湖。湖边靠南的坡地上，长着麦河家的两亩橘子林。

每到秋日，麦河家的橘子树上挂满了果，一个个翠绿的橘子，沉沉的，把枝条压得都翻卷过来。一阵风吹过，大老远都能闻到一股橘子的清香，馋得一村的娃儿，口水在喉咙里一上一下直打转，但也只能干瞧着馋，腿脚不便的麦河一入秋就会在橘子林外搭棚守着，哪个也近不得。

要说偷，法子也不是没有。潜水渡过湖去，悄悄爬上坡边的橘子林中，能管饱。可家中大人硬是不让，偶尔一次冒险幸运潜过湖去偷吃若是给大人闻到了嘴里的橘子味，定免不了挨上一顿"竹笋炒肉"。

但椿子不怕，椿子爹娘走得早，跟着奶奶芸婆一起过。芸婆的眼睛不济,鼻子也不灵,瞧不仔细也闻不出啥味来。

椿子运气好。别家孩子刚靠近橘子林边的湖,对面的麦河就像幽灵一样拐了过来,手里拐棍在地上噼啪点个不停,嘴里连珠炮般咋呼起来:猴崽儿,干啥嘞?吓得那孩子赶紧回了家。

椿子聪明,她会选在中午麦河打盹儿时偷偷潜水过湖,当麦河一阵接一阵的鼾声奏起时,椿子捂着撑得圆嘟嘟的小肚子溜出橘子林,直接从坡地上跑回家。芸婆眼睛不好,鼻子不灵,对橘子看不见闻不着。但芸婆眯着眼睛吃橘子的样子,让椿子感觉自己一下子就长大了。

有时椿子看着麦河倒在窝棚边的模样,一大一小两条腿支在架子上,那条萎缩的左腿瘦瘦小小,像极了一根细小的竹棍子。椿子听奶奶说,麦河这腿,是小时候患小儿麻痹症落下的,因为这腿,麦河一直说不上媳妇。有时椿子也很不忍,可是对橘子的诱惑,她太难抗拒。她在心中很多次地埋怨麦河怎就那么贪睡!甚至有时候,她很希望麦河会突然醒来对着她咋咋呼呼地大吼一通,那么,她一定不敢再来偷橘子了,可麦河偏偏就那么贪睡,鼾声一阵接一阵地奏乐似的。

椿子想到这里，手不知不觉动了起来。

她学着麦河的样子，轻轻地把刚垂下来的橘子用竹竿支起来，麦河腿不好，她瞧见过麦河搭支架时摔倒过；她悄悄地把林子里的杂草拔干净，麦河的腿不好，杂草这么高，要是有人像她一样也悄悄钻进橘子林，麦河一定很难发现；她又轻轻地把林边的沟壑用小石头细心地铺起来，麦河的腿不好，走这样的路，一定很容易摔跤……中秋节到了，泉眼村的习俗，八月十五烘大饼。

椿子一大早起床帮芸婆揉了面，和了糖丝的橘皮子，撒了脆芝麻粒，在灶上开始烘起中秋饼。烤好饼，芸婆让椿子帮忙找一摞看相好的，打包捆好，给麦河家送去。

椿子红着脸接过芝麻饼，转身要出门，却一头撞上了正要进门的麦河。麦河手中的袋子滚落，橘子撒满了椿子家的小院，椿子怔怔地望着麦河，一脸不解。

椿子干啥嘞？帮叔捡啊，今年收成好，卖了不少钱哩，这余下的，给你这个小园丁发个管理奖哩。

椿子听罢，垂下了头，小脸红到耳根。突地，她"哇"的一声，大哭了起来。

那条叫莎莎的狗

徐向林

小雅终于在而立之年谈起了恋爱,这很不容易。

小雅是我的表妹,我姑妈家的女儿。小雅单着的时候,我姑妈很是着急,拿着小雅的照片四处推销。当然,容貌出众、名校毕业、外企高管的小雅,是人见人爱、花见花开的那种女孩,追她的小伙子排成了长队。

问题出在小雅身上。不,准确地说,问题是出在小雅的那只萨摩耶宠物犬"莎莎"身上。莎莎一身白毛,一双黑葡萄似的眼睛嵌在萌态可掬的脸上,透着乖巧和机灵,很是惹人喜爱。

在我姑妈的张罗和促成下,小雅先后与一个小有名气的律师、一个大有前途的机关干部、一个身家过亿的富二代交往过。小雅与他们见过两三次面后,她无一例外地借口出差,请准男友帮着带几天莎莎。

如有来生

这看似再正常不过的事，而问题恰恰就出在这儿。

先说那位年轻律师，带了几天莎莎，莎莎因见不到主人，茶饭不思，几天下来就瘦了。小雅接回莎莎的那天，一边心疼地安抚着莎莎，一边面无表情地对律师摊牌说："我们不合适，分手吧。"

接着就是那位机关干部，他不知使了什么招，莎莎倒是没瘦，但浑身脏兮兮的，小雅皱起了眉头，脸色很不好看，两人的缘分也就到此画上了句号。

再接着就是那位富二代，他带莎莎的几天，把莎莎放进了全市最好的宠物店照料，莎莎没瘦，干干净净，浑身的毛也被精心梳理过，不知道被喷洒过什么香水，香气扑鼻。小雅挺满意。

别以为这事就成了，还没有呢。小雅把莎莎放在房门口，让坐在客厅沙发上的富二代把莎莎给逗引过来，无论富二代怎么逗引，莎莎就是不买账，逗引失败后，小雅对富二代说："莎莎不喜欢你，看来我们没缘分。"

富二代一脸蒙圈，他豪气地说："你喜欢养宠物，我给你包下五个、十个宠物店，尽你选。"

小雅摇头："全世界只有一个莎莎，莎莎的感觉就是我的感觉，我们不合适。"

小雅把爱情交给莎莎做主，我姑妈非常不理解。小雅振振有词地说："爱屋及乌的道理你懂吧？莎莎是我的最爱，他们连莎莎都伺候不好，我要是嫁了，能对我好？"

这么一说，我姑妈无语了。

前段时间，我姑妈又给小雅物色了一个小伙子，是一家医院的外科医生。小伙子来自农村，人长得憨憨的，话不多，见人总是眯着眼睛笑。

小雅与医生见了两次面后，她故伎重演，又以出差为由，让医生代养几天莎莎。一周后，"出差"的小雅回来了，打电话让医生把莎莎送过来。医生带着莎莎来了，莎莎明显胖了一圈，毛也有点短。奇怪的是，莎莎见到小雅，不像以前那么热情，甚至远远地躲着她。倒是医生一唤，莎莎直往医生的怀里钻。

莎莎冷落了小雅，小雅倒是热起了医生。医生通过了莎莎的考验，小雅正式与医生谈起了恋爱。我姑妈悬在心中的石头终于放了下来。

事情到这儿还没完。就在前几天，我信步走进了一个宠物店，突然一阵熟悉的狗叫声吸引了我，我定睛一看，呀，关在笼子里的不是莎莎吗？我揉了揉眼睛再看，真跟莎莎一模一样。我叫一声"莎莎"，那

如有来生

狗立即直立起来，两只前爪趴着栅栏冲我摇头晃脑，并摇起了尾巴。

我赶紧把狗买了下来，带到了我姑妈家。那狗一进门，就像进了自己熟悉的家园，到处去找小雅。

我姑妈看着这场景，莫名其妙地问我："这……怎么回事？"

"我刚从宠物店买来的，这应该就是莎莎。"我说。

"不可能！小雅刚带着莎莎出门，医生接她吃饭去了。"姑妈不容置疑地说。

我愣住了。会不会是医生先前带莎莎时给调包了？我把这想法一说出，我姑妈脸色大变，她声音高了起来："别胡说，这不是莎莎，快把这狗带走，我不想看到它！"

姑妈发了火，我只得强行抱起舍不得离开的小狗出门。路上，我想想还是哪里不对劲，我给莎莎拍了一段视频，用微信发给了小雅。小雅过了好一阵才回复我："这狗挺可爱的，养着吧，哪天我让莎莎跟它拜把子。"

我再次发了点醒小雅的微信："这狗不是莎莎吗？"

小雅回："莎莎在我这儿呢。我可告诉你啊，你那狗千万别叫莎莎哦！"

我对着手机先是出了会儿神,然后对趴在身边的小狗说:"从今天起你叫波波,听到没有?"

小狗无精打采地"呜呜"了两声,似乎听懂了我的话。

家庭法庭

许仙

苏松第一次被告上"家庭法庭",是在他十二岁那年初夏。

那晚,他流下平常两倍的汗水。他已有旁听过七八回庭审的记忆,学会很多大人词语,却没有资格张嘴;唯独这回他是以被告的身份出庭,哇!好开心呀!这说明他有了家庭地位,是个大人了。吃晚饭时,奶奶提出开庭请求,要告他;他乐坏了,好像期末考试得了第一,还跟奶奶撒娇呢,问她要告他什么?

爸爸是庭长,妈妈是陪审员,爷爷是书记员。爷爷只要不是原告或被告,就是书记员。他退休前是名中学语文教师,写一手好字,他最适合干这个。每开一回庭,他都能洋洋洒洒记上十多页,装订成册,悉心保管,比他那些教案都宝贝呢。

苏松想不到奶奶会告他偷钱,小脸都急白了。

奶奶陈述：她藏在枕下的一百元，上午还在，下午就不见了，家里都翻遍了。书记员没拿。只有被告回家吃中饭，又慌慌张张地跑了。下午放学，被告没有直接回家，去游戏房玩了两个小时，钱肯定是他偷去玩游戏了。

脑袋顿时"轰"地炸飞了，眼泪疯狂地混入同样火辣辣的汗水中。

苏松至今仍牢牢记住这种被人冤枉的滋味，简直比死都难过。

苏松抽泣陈述：原告冤枉他，跟踪他，私翻他的书包。这是可耻的、违法的。

庭长问被告，打游戏的钱哪来的？

被告答压岁钱。

庭长又问总共有多少？现在还剩多少？

被告答一百六十元，还剩九十元。

陪审员问原告有没有跟踪被告、未经被告同意私翻他的书包？

原告答是。

陪审员又问为何不直接叫他回家？

原告答我就是想看看他去干吗。

苏松如今是名老刑警，立志决不冤枉一个好人，

如有来生

也决不放过一个坏人。七年前,他以省警校第一名的优异成绩,被分配到市公安局重案组,三次立功,两次放弃提干。每次执行任务时,几十年前的滋味就向他心口奔去。他清楚自己走上这条路,就是受第一次上庭的影响。

庭长宣布休庭。原告和被告回避。庭长、陪审员和书记员在法庭上交换意见。

"原告真的丢钱了?"

书记员说是的。以往她丢东西,都是他找到的。她一时一个念头,把东西藏到自己易找别人难寻的地方,结果转身就忘,找不到就哇哇大叫。但这次不同,她静悄悄的,找了数遍才问他,他也都找了,没有。

陪审员问书记员没有拿去买烟抽吧?

"什么?"书记员生气道,"你怀疑我?"

"我是说,如果……就发动大家找,你就说找到了,把钱给原告了事。"

"我没偷!"他把"偷"字咬得很重。

"我反对!"庭长说陪审员,"你这是包庇被告!现在他还小,偷钱不当回事,等他大了,偷习惯了,就毁了他一生。"

陪审员不服:"要是冤枉呢?原告跟踪他,私翻他的书包，已经构成对被告的伤害，如果再冤枉他，那不是往火坑里推吗？独生子女容易走极端，万一出事都是大事，你承担得起吗？"

"我没钱。"书记员低头道。工资都在原告手上。

"我出。"陪审员说。

庭长坚决不同意。这种做法，只会害了被告。

第一次经历，苏松不适应，但他渐渐有了明辨是非的能力，深信人这一生，不光活个生死，还活个对错。但对错不是老师批卷，现实鲜有答案。他读大二那年，奶奶告爷爷，要离婚。两天前原告拎水，水桶压伤了脚，被告不闻不问。离婚理由是被告不关心原告，缺乏爱心。被告喊冤，那天是原告偷偷吃了糕点，不给他做饭，说他四肢齐全，为何不自己做？说话阴阳怪气，而且有段时间了，他才会如此的。被告越说越火，离就离！

法庭调解后判决：都是奔八的人，倒不会好好说话了；不予离婚，重启对话模式。

重新开庭后，庭长宣布延期判决，被告私房钱上缴，钱归被告专用，用时须有正当理由。从明天起，被告放学后必须直接回家，否则停用私房钱。被告满腹委屈，赖倒在地哭闹。多年后，苏松回忆起第一次上庭情景，怀疑是原告和庭长设的局，目的是没收他的压岁钱，不许他玩游戏。而十七年前那张不翼而飞的百元大钞，终究成了不解的岁月之谜。

苏松工作后不久，第九次被告上家庭法院。与前八次不同，这次告他的人不是家庭成员，而是他女友——现在的孩子他妈。陈洁是他高中初恋，谈了六年多，陈洁催他结婚，他总说再等等；她一气之下，就把他告上了家庭法庭。

开庭时她陈述道：被告只跟她谈恋爱，不跟她结婚，纯属"耍流氓"……

皮狐

薛培政

早年间，覃龙根在沂岭上替人看山护林。

龙根爹早逝，娘双目失明。

他年近四十尚未娶亲，常年守着大山，靠开荒种地，打柴采药，间或狩猎，娘俩的日子勉强过得去。

龙根是个孝子，有什么好吃的，都先给娘吃。听人说，母鸡每年开春下的鸡蛋养分足，他在山上养鸡攒的鸡蛋，贵贱不卖，都留给娘吃。

那年开春，却出了怪事。他常听见母鸡"咯咯哒"地叫个不停，鸡窝却回回都空着。"咦，这鳖不獭蛋的地方，还能招贼不成？"望着满是荒草石头的大山，龙根苦笑着摇头。

那日，他悄悄躲在石墙后边瞅着。只见母鸡刚出窝，一只皮狐溜进鸡窝，瞬间叼着鸡蛋逃走了。"原来是这家伙捣的鬼！"龙根小声嘟囔着。那皮狐噙着

如有来生

鸡蛋，跳到一块巨石上停下身。

皮狐见被人发现，也不害怕，晃悠一下身子，就顺势蹲到石头上，瞪着圆溜溜的小眼睛，挑衅般望着龙根。

"奶奶的，做贼还有理了不是！"他气不过，随手抓起一块石头砸过去，皮狐"嗖"地蹿进丛林。

皮狐精头精脑，每天躲在灌木丛中，听见母鸡叫，不等龙根来捡，叼起鸡蛋就逃。

龙根每天要巡山，还要忙田里的活，哪能长时间守着鸡窝？接二连三地丢鸡蛋，气得他心肝都疼："嘿，好你个狐崽子，老子非教训教训你不可！"

他仗着对山林熟悉，识兽踪迹，在皮狐出没的树丛间布下猎套。皮狐似觉察到危险，很快变换出没方向，鸡蛋照丢不误。

一招不行，再换一招，龙根的倔劲上来了。

他连夜在鸡窝附近挖了个陷阱，上面用细枝条棚起，再盖层树叶，上面放几个鸡蛋，想瓮中捉狐。哪知皮狐绕过陷阱，把鸡窝里刚下的鸡蛋咬碎后逃了。望着满鸡窝的蛋黄蛋清，龙根气得直叫唤："狐崽子，你个王八蛋还成精了，越来越会祸害人哪！"

怒火攻心的龙根，将多日不用的火铳取出来，装满了火药和霰弹,每天躲在岩石下,等皮狐现身。也怪,一连几天,连个皮狐影子都不见了。

娘托人捎来信,说姨表姐家庄上有个年轻寡妇,不嫌他家穷,有意与他成亲,要他下山见上一面。

那天,龙根在山下与女方见过面,喜滋滋地走在回山的路上,看什么都顺眼。

初夏的阳光从密密层层的枝叶间透射下来,地上印满铜钱大小的粼粼光斑,带着微热的东南风,吹得他身上舒舒服服。

龙根一路哼着小曲回到窝棚跟前,见两只狐崽在门前哀嚎,任凭他挥手瞪眼,咋也撵不走。

"莫不是——"他疾步走进窝棚后,望着眼前的一幕,不由得又气又笑。只见那只皮狐脑袋被盛水的瓦罐口卡住了。听见脚步声后,皮狐急得吱吱乱叫。"哈哈,好小子,等你不来,今天自个送上门来,看你还往哪逃!"龙根说着便举起手中的木棍往下砸去。就在那一瞬间,他望见两只狐崽哀求的眼睛,手顿时软了下来,木棍顺势砸在瓦罐上,只听"哐啷"一声,瓦罐碎了,皮狐抽出头后,惶恐得不知所措。龙根朝外一指道:"带上你的崽子,快滚吧。记住别再祸害人了!"那皮狐轻轻地叫了一声,带着狐崽跑了。

如有来生

沂岭上缺水，龙根吃水要从山下挑。打那后，他每天用小盆盛水放到门外，等着皮狐带狐崽来喝。

也是从那时起，龙根的鸡窝里，再没丢过鸡蛋。那一年秋收，他在地里种的花生、绿豆、豌豆，也没被田鼠刺猬祸害，获得了大丰收。

冬至那天，龙根下山走亲戚，多贪了几杯酒，晚上睡得实。到半夜，他猛然觉得有个毛茸茸的东西在挠脸，边挠边吱吱叫。他起身一看，原来是皮狐跳到床头上，他连吼带打，咋也撵不走。这时，就听见外边噼噼啪啪，还有一股浓烟味。

他连忙起身走到棚外，只见熊熊山火染红了半边天，火头已接近窝棚。他顾不了许多，撒腿跑向旁边的山头。回身望去，窝棚已变成一个大火球。

往后，守山护林的龙根，再没狩过猎。

坛子与葫芦

颜廷君

三先生和五媒婆都是精明人。三先生和五媒婆两家茅舍土墙，东邻西舍，毗邻而居。因为两家之间的院墙是土墙，年久失修，已是残缺不全。但三先生和五媒婆都没有修墙的打算：墙，挡君子不挡小人。这堵墙的作用，主要在于它的象征意义。

一方风俗，秋末季节要腌咸菜，留到青黄不接的冬天吃。漫长的冬天过去了，三先生腌的咸菜吃得只剩下咸菜坛子。三先生把它从烟熏火燎的锅屋里拎出来，在土墙上楔一根橛子，然后把它挂上去，留到秋天腌咸菜。

春天万象更新，五媒婆挨着墙根种葫芦。六月，土墙上爬满青藤。葫芦开花一片白，有一朵葫芦花开在咸菜坛子正上方，接着结了个嫩嫩的毛葫芦，毛葫芦不偏不倚地伸进咸菜坛子里。当三先生和五媒婆发现的时候，葫芦已无法从咸菜坛子里拿出来。

怎么办？三先生主张把葫芦捣烂，五媒婆主张把咸菜坛子打碎。三先生说："坛子是不动的，葫芦是动的，主动的葫芦长到被动的咸菜坛子里，责任在主动一方，不在被动一方。"五媒婆说："人是懂事的，葫芦不懂事。如果懂事的人不把咸菜坛子挂在墙上，葫芦也不会长到坛子里去，所以责任在人不在于葫芦。"

读圣贤之书的三先生深知：和为贵。一个读书人与一个媒婆、寡妇争争吵吵成何体统？三先生运筹帷幄，深谋远虑。五媒婆人情练达：远亲不如近邻，大家低头不见抬头见，弄僵了谁的面子都不好看。

三先生和五媒婆想来想去想到了一起：打官司，把球踢给县太爷。三先生和五媒婆都认为自己的理由充分，到时候县太爷判下来，既不得罪邻居，又不蒙受损失，两全其美。

三先生和五媒婆结伴而行。七月天，艳阳当空，三先生和五媒婆都走得汗水淋漓。五媒婆说："三先生，前面有片红高粱地，不妨进去凉快凉快再走不迟。"三先生想，五媒婆想施美人计！要是跟她进去"凉快凉快"，万一一时把握不住，那咸菜坛子算完

坛子与葫芦

了!想罢说道:"读圣贤之书,怎能做鸡鸣狗盗之事?"

见到县太爷,三先生、五媒婆各陈其词,听得县太爷头脑发蒙、两眼发直。众目睽睽之下,拿不出个令人信服的裁定,那是有失威严的事情。县太爷一拍惊堂木:"本老爷日理万机,处理的都是大事。如此鸡毛蒜皮的小事还要老爷过问?回去自己想办法,实在想不出办法本老爷再裁决。再来时把葫芦和咸菜坛子都带来,充公!"

出了县衙门,三先生和五媒婆一齐大骂县太爷,居然打起了葫芦和咸菜坛子的主意。三先生和五媒婆迅速达成共识,官司不能再打了,要靠自己解决问题。

三先生和五媒婆回到家,大家平心静气、推心置腹地寻求方案。三先生说:"等葫芦熟了,我盖上坛盖,用油布把坛子口封起来。就挂在墙上,我承认葫芦是你的,你承认坛子是我的。东西都在,大家心里都踏实。"

五媒婆说:"坛子和葫芦都在你家院子里,你天天看得见心里踏实,我看不见心里不踏实。不如把坛子放在墙头,我承认坛子是你的,你承认葫芦是我的,大家都看得见,心里都踏实。"

三先生说:"不行。风吹雨淋,鸡爬狗跳,墙早晚会塌，到时候坛子从墙上掉下来摔个粉碎，你净得个葫芦。"

五媒婆说："那就砌一堵砖墙，再把坛子摆上去。"

三先生说："村中时有毛贼出没，如此精致的坛子、美妙的葫芦，毛贼焉有不动心的道理？不如推倒土墙，砌一堵砖墙，然后再把坛子砌到墙内去，方为万全之策，长久之计。"

三先生和五媒婆两家花血本垒起一堵墙，青砖白灰，固若金汤。很多年过去了，三先生和五媒婆已不在人世，属于三先生的咸菜坛子和五媒婆的葫芦依旧在青砖墙内。

1991年的爱情往事

叶倾城

在同一所农行的办事处共事快一年,什么话都说尽了。他好,我知道;他对我好,我也知道。其他的呢?他没说过,我没问过。

他要去黄州学习的消息,是突然知道的。上午开会宣布,我中午吃完饭回来,他和其他的学员都已经整装待发。他一直在东张西望,看见我,眼睛一亮,仿佛示意我过去。但是太热闹的场面让我窘迫,我头一低,也没跟他打招呼,就进去了。

从刺眼的正午阳光里一步踏进幽暗的营业大厅,我禁不住地一阵恍惚,心里霎时间涨满的,是扩大了许多倍的念头:他,要走了。

我怔怔地站在门边,听见背后急切的脚步声——果然是他。半晌,他说:"我去一个星期。"我说:"嗯。"良久,听见汽车直按喇叭,他向门口跑了两步,

如有来生

又一停："我，给你打电话。"我用力地点头。

每次电话一响，我的心就一阵狂跳，是别人或是公事，心才暗暗地落回原处。短短的一个上午，我的心大起大落，像大户操纵下的股市。但是他的声音，始终没有在那一端响起。

后来我才知道，其实他没有食言。只是因为学校远在郊区，打长途不便，每次都只能赶在上课前放学后。第一天打来，快下班了，我在后面洗手，他们喊几声不见我应，就告诉他，我走了。第二天打来，是刚上班，我还没到，别人又忘了告诉我他来过电话。

但是当时的我自然不会知道。中午同事们去吃饭，我却不死心地守着电话。电话彻底地安静着，我渐渐焦虑起来。忽然铃声大振，我一跃而起，被桌角撞痛了腿也在所不惜，但是那端满口粤语，竟是打错了。

我慢慢放下话筒，听到雷声隐隐传来，抬头看去，天色正迅速地变暗，乌云奔腾而来，一场暴雨正蓄势待发。我突然想到了他：他走得那么急，记得带伞了吗，还是一贯地不在乎？那样粗心的男孩啊。我忽地站起身，拿了雨衣，跟主任说："我请半天假。"没告诉他，我是要去黄州，当然更没问，他，到底是在黄州什么地方。

雨来得比我想象中还要急,我的全身很快就湿透了。我坚持地站在路边,只要是长途车,无论是南来还是北往,我一律奔过去充满希望地问:"到黄州吗?"

一辆开往蕲春的车被我拦住了。车上很多人,车顶在漏雨,无论怎么闪身都躲不开,我索性由它一滴滴打在我肩头。站了好久好久,腿都软了,窗外是越来越陌生的田野,但是我心情平静,甚至还轻轻地哼着歌,觉得肚子饿了,摸摸口袋还有一包话梅,就拿出来吃。

雨停了,阳光渐渐来敲我们的窗,售票员招呼我:"黄州到了,你到哪里?我们在附近把你放下来。"

我说:"我不知道。"

我在刚进市区的地方下了车,立刻有一个三轮司机过来拉生意。想想是农行办的培训班,显然跟经济有关,我便问:"你知道哪儿有财贸一类的学校?"

他说:"十块钱我搭你去。"

我数数钱——出门时根本没想到会到这儿来,身上只带了平常零用的钱。我摇摇头:"太贵了。"

他缠着我不放:"八块,六块,好了好了,五块,不能再低了。"我干脆把钱包翻给他看。他不可思议地摇头,一边自言自语:"武汉大地方来的,连这点钱都没有。"一边还是告诉了我怎么走。

我实在是太乐观了，在黄州财贸学校连问三个人都不知道，最后人家显然是被我问烦了，"砰"地关了门。站在陌生的街道上，周围没有一张熟悉的脸，就在我急得眼泪快掉下来的时候，我一眼看见"中国农业银行"的金字招牌，蓦地觉得见到亲人般地绝处逢生。

亮了自己的工作证，储蓄小姐热情地指点我："你说的培训班在农行职工学校，我帮你叫三轮，省得他宰人。"

我小声地说："您告诉我路线，我走着去就行了。"

明明是牢牢记着她的指引，可是才出两个街口我就彻底地糊涂了，只好走投无路地问人。就这样，在六月的烈日下艰难地走着，汗水滑过皲裂的嘴角，是撕裂的痛楚，我舔舔嘴唇，却连一小杯冰豆浆都不敢去喝：谁知道还要走多久呢。

终于有人抬手一指对面："就在那儿。"刹那间，漫天的晚霞同时打开在我面前。

在即将走进宿舍楼的瞬间，我站住了，我第一次想到，见到他，我要说什么？问他为什么不给我打电话？但是如果，他根本只是随口说说呢？我们之间其实不过是同事，只是一个星期的分别，只是两天不知消息，而我，居然就这样巴巴地跑来，他会怎么笑我的自作多情？我想要马上回去。可是，那么大的雨，那么毒的太阳，那么远的长路，我为他而来，就这样徒劳而返，我不甘心，我真的不甘心。

最后我终于决定了，悄悄问一问别人，武汉来的几个学生怎么样，如果没事，那就表示他也平安着，然后就可以走了，他的面也不必见。

在心里想了几十遍该如何若无其事地询问，走进楼道，有人看我一眼。只是一眼，我好不容易建立的全部勇气立刻土崩瓦解，我惊慌地逃上楼去。在二楼，我连停都不敢停，三楼，最后是四楼，顶层了，已经没有退路了。

我终于敲开了走廊尽头的门。"武汉来的学生？我不知道，你问对面吧。"

我走到对面，手刚刚抬起，门开了。忽然好像整个夏天的热浪一起翻卷而来，我仿佛身处云端般恍惚，我看到的真是他吗？

那一瞬间，我清清楚楚地看见惊喜如闪电一般照亮他的脸："是你？真的是你？我听到你声音，我想不可能。你这两天在哪里？为什么我打电话你总不在？我都快急死了，车票都买了，马上就准备回去。你怎么会来？你怎么来的？你怎么找到我的？"

他一迭声地追问着，而我只是深深地看着他，轻轻地微笑，笑着笑着，我就突然哭了。

原来，喜欢就是这样的。

一个人的火锅

余途

这是一个很火的火锅店，每到饭点，店门口都排很多人。夏天，等的人待在外头，冬天，等的人挤在里头。这个冬天有点冷，店门口的棉帘一闪一闪，吹进店的风让人一激灵一激灵。

她一个人等在店里，脸色看上去很冷，似乎就差一把火。轮到她时已经快到下午两点。店员带她来到一张靠窗的四方桌，问她几位。她说两位，又问她要什么锅底。她说鸳鸯。不一会儿，铜锅端上来，伙计问她怎么摆。她说辣的靠我这边。很快，碗筷都来了，她对服务员说另一副摆在她对面。服务员摆好后问是不是还有一位客人没到？锅点火吗？您点的菜上吗？她说，点火，上菜，人晚点到。火锅烧的不是木炭而是一种新型燃料，无烟，无毒，效率高，锅里的水很快就咕嘟咕嘟开了。她开始搅拌调料，动作柔曼舒缓，

如有来生

轻盈优雅，不像是为涮肉调味，倒像是为乐器调音，为绘画调色。她调好自己手里的，又移步到对面调另一份，然后回到她的座位，一筷一筷慢慢地开涮，下了羊肉又下牛肉，接着是虾滑。这时，午后阳光刚好照到她，加上火锅的热气，她的脸色渐渐变暖，已不是刚进来时的样子。她一边吃着，一边把烫熟的肉放到另一个碗里，随后起身坐到对面，把肉蘸好调料轻轻摆在盘中，细细端详。

她这样反复在两个座位上移动，引来旁边食客的注意。有人打量她的衣着，有人观察她的表情，有人注意她的眼神，有人估计她的年龄，有人猜测她的心事……她能够感受到周围的气息，身体的各个部位接收着各种目光，却依然旁若无人。窗口的太阳在移动，店里的空座渐渐多起来，服务员推着整理车在收拾。对她好奇的人更加好奇。她是在为自己吃吗？还是为了一个有承诺的人，要纪念的人？或是等待一个人，等一个原本会来的人，等一个应该来的人，或是等一个明明知道不可能来的人？

有人注意到她嘴里念叨着什么。吃饱喝足的人开始担心她的身体，担心她的情感，担心她的精神，小声嘀咕："看她还挺年轻的。""她是不是有病？""不会出事吧？"随后离开。火锅店再火，也只是过客吃饭的地方，吃过，人总是要走的。

傍晚，夕阳像一只火球撞进窗，用晚餐的食客陆续进店，她还是一个人。

弯弯的月亮

袁炳发

星子的老师是刚从师范学校毕业的,年轻漂亮,很招星子和同学们的喜欢。一天,老师在课堂上向同学们提问:"同学们,弯弯的月亮像什么?"学生们几乎是异口同声地回答道:"像——小——船儿——"年轻的教师听了同学们的回答后,高兴地说:"好,同学们的回答很正确。"

这时,坐在前排的星子举起了手,可是老师没有发现,星子就仍举着手,还喊了一句:"老师"。老师听见后,说:"星子同学,有什么问题请讲。"星子站起来,眨动着那双晶晶亮的大眼睛,说:"老师,我看弯弯的月亮像豆角。"老师听完星子的话,一脸的不高兴,她对星子说:"你的回答是错误的。全班同学都说弯弯的月亮像小船儿,你为什么偏偏要说像豆角呢?难道就你特别有见解吗?"

弯弯的月亮

班上的同学一阵哄笑，星子的眼窝里满是泪水。回到家后，星子把这件事告诉了曾做过小学教师的奶奶。奶奶说："星子，老师的批评是正确的，弯弯的月亮是像小船，我从前教过的一批又一批学生，他们也都是这样回答的。"星子听完奶奶的话，眼窝里又一次含满了泪水。这件事情以后，星子开始变得少言寡语，她很不喜欢这位年轻、漂亮的老师，在课堂上从不敢再向老师提出"特别"的问题……

很快，几年过去，星子考入一所师范学校；又很快地，星子从这所学校毕业。她回到故乡的小镇做了教师。走上讲台的第一课，星子老师穿着朴素、整洁的衣服，笑眯眯地说："同学们，在讲课之前，我首先提一个问题——你们说，弯弯的月亮像什么？"静默一会儿后，学生们几乎是异口同声地回答："像——小——船儿——"星子老师没有说同学们的回答是否正确，她那双美丽的大眼睛，像探视器似的在同学们的脸上扫来扫去。接着，她又问："同学们，有没有和这个答案不一样的？"

一个叫田菲的学生举起手，说："老师，我的答案和他们不一样，我说弯弯的月亮像豆角。"星子老师听后很高兴，说："田菲同学的回答正确。当然，

如有来生

其他同学的回答也正确。我只是启发同学们在回答每一个问题时，应该大胆发挥你们的想象力。多想出几个答案：比如弯弯的月亮除了像小船儿、像豆角之外，还像不像镰刀、弓？"学生们报以一阵热烈的掌声。星子老师的脸颊上浮现出一种从心窝里涌出来的笑容。

……几十年后，已退休闲居在家的星子，接到女作家田菲寄来的她自己创作、刚出版的第一部长篇小说《弯弯的月亮》。星子急忙翻开书，见书的扉页上这样写道：

赠给最优秀的老师星子：感谢您没有扼杀我少年时期富于想象力的天性……

星子看后，脸上又浮现出当年那种很愉快的笑容……

画手

曾宪涛

国画大师莫教授带有两个学生，一男一女，男的叫朱孟，女的叫滕香。女的伶俐乖巧，男的敦厚沉稳。两个人莫教授都喜欢，可相比滕香的灵活机巧，莫教授更喜欢朱孟的刻苦扎实。莫教授常常话含隐喻地开两人的玩笑，希望他俩能结成连理，优势互补。

朱孟根本听不出导师话中的隐语；滕香倒是听出来了，但她却瞧不上朱孟，嫌他过于老实，将来不会有太大出息。

莫大师最擅长人物画。人物最难画手，最传神是眼睛。手要画好，非下苦功不行；眼要传神，需有灵气，要与画中人物灵犀相通。画人物眼睛，滕香有先天优势，远胜朱孟；画手，滕香竟不如朱孟十分之一。

莫教授常指着滕香画中人物的手批评她，要她多向朱孟学，要下苦功。滕香这时就会不满地白朱孟一眼，朱孟却浑然不觉。滕香就来气，认为他心里得意表面还装。

滕香知道自己根本无法跟朱孟学——她缺少他那份勤奋。朱孟的全部生活都在画室里，似乎他活着就是为了画画。而滕香不会这样，她要化妆打扮，要逛街，要去歌厅，她永远也下不了师兄那功夫。

莫教授常慨叹："论天资谁也比不上滕香，她要能有朱孟的刻苦勤奋，那就没人能比了。"滕香一撇嘴，心里暗暗与导师顶嘴，就这你那得意弟子也难比过我，不信走着瞧。

新一届青年美术家画展又要开始了。本来莫教授鼓励两个人都去参展，叫他们好好准备作品。可临到最后，莫教授改了主意，他看着滕香送交的作品说："人物画手你还差得远，去了也白去，这次画展就不要参加了吧。"莫教授是怕弟子影响了他的名气。

滕香噘起嘴。参加高级别的美术展是她盼望已久的，若能在这种权威性画展中获奖，不单在国内美术界会奠定一定位置，还可能一举成名。滕香不满导师的决定，一句俗语到嘴边又咽了下去，那俗语是：是骡子是马总得叫人拉出去遛遛。

寄交作品的最后期限就要到了，朱孟由导师选定作品后报了上去，而滕香却瞒着导师偷偷向大赛组委会寄交了自己的作品。

大赛组委会本来是邀请莫教授担任评委的，因有自己的学生参加，莫教授采取了回避。美术展经过初评、复评，获奖名单终于出来了。看到获奖名单，莫教授大吃一惊。他万万没料到排在头一名的竟然是滕香，而他最得意的弟子朱孟却屈居第三。

无论怎么说，美术展的前三甲竟有两个是莫教授的学生，这事引起了轰动，记者们蜂拥而至，请莫教授介绍自己的学生，评论他们的作品，特别想听听大师对此次美展评价最高的滕香那幅作品的看法。

面对学生所取得的成绩，莫教授既高兴又尴尬，竟不知如何评说。两幅作品都取自同一个题材，画的都是一个翩翩起舞的少数民族女子，体态婀娜，美丽动人，曼妙传神，神情似乎还都有点像滕香。当然从线条笔墨上来看，朱孟的画更见功力，特别画中少女轻盈舞动的纤纤玉手，竟给人一种柔软可触、呼之欲出的感觉，绝非一般画家所能画出。

然而，为什么却是滕香得了第一名？因为滕香根本没有画手，滕香画中少女的手是虚的，那虚拟中的少女之手更给人无限的遐想，旋舞中的少女似乎在不停地变换着各种舞姿，令人目不暇接，妙不可言。

朱孟的画，专家给予的评价是，功力技巧一流，但画风太实，难以给人联想遐思，回味太少，缺少余音绕梁的韵味。而滕香的画正是胜在朱孟的欠缺上，莫教授对她这种以短克长、藏拙取巧的胜出，说不出是欣慰还是悲哀，面对记者的提问，竟无言以对。

滕香在一边得意地笑了。朱孟没有不平，只是淡淡平和地对师妹道："你这是投机取巧……"滕香一撇嘴："嫉妒……"朱孟厚道地笑笑，没反驳。莫教授半开玩笑半哀叹："现在就兴这个。"

滕香脸一红，对导师嗔道："老师就是偏向……"

研究生毕业，两人都留校当了教师。两个国画俊才，人们都希望两人能珠联璧合，结为连理。朱孟在导师及众人的怂恿下，便向滕香表达了这层意思，可滕香却嫌他迂笨，还是瞧不上他。她对朱孟表示，唯有朱孟能胜过自己，此事才可考虑。

又一届美展开始筹备了。想必是朱孟受了刺激，想暗中使劲，这回寄交的作品谁也没有透露，连导师也没给看。滕香反倒是一回回把作品拿给莫教授提意见。滕香的画技日臻成熟，人物画手虽还远不如朱孟，但也大有长进，且她依然藏拙露巧，将人物画得亦虚亦实,剔透朦胧,更给人以想象的空间。对本次大赛的结果,莫教授预测说:"按照当今的评选标准,滕香准又获大奖无疑,朱孟无望了。"教授说的"无望"当然有两层含义。

大赛结果出来,夺魁者竟是朱孟。

朱孟递交的作品,令所有的人都为之震惊。专家给出的评价是:为数十年来所罕见的惊世之作,开美术史之一代先河。

画作上只画了一双绝美的少女之手。柔荑玉手,毫发毕现,栩栩如生,充满质感。虽然只是一双妙手,你却分明感觉到那是一个月貌花容的绝世女子,在干啥?舞、耍、戏、弄、拥、唤……你尽可以想象。

正当莫教授和滕香对着画作瞠目时,朱孟对滕香颇怀深意地一笑说:"这个我也会……"

从此朱孟不再作画,改行干了行政,最终做了院长。

滕香是院长夫人。

揽猫入怀

詹文格

外婆与猫咪

每次和外婆通电话,抢先发声的一定是猫咪。猫咪的发声像情绪预报,传递着外婆的基本信息,从"咪呜、喵呜、喵嗷"这些不同的音调里可以判断出外婆此刻的心情。如果猫咪的叫声是缓慢温柔的,那说明外婆一切正常,甚至有可能正开心地揽猫入怀,一边抚摸,一边轻吟。

假如猫咪的声音尖厉短促,或者夹带一丝惊慌,那说明猫咪刚挨过一顿训斥。此刻的猫咪蹲在地上,外婆则倚靠床头,各自生着闷气。

鬼灵精怪的猫咪,它好像什么都懂。比如,它知道围在外婆身边是幸福的,但长久的幸福也会乏味,就像泡在糖水里的舌头，感受不到甜味。于是猫咪就变着法子惹是生非，逗外婆玩乐，寻一点儿开心，比如，有意打翻桌上的牛奶，叼走外婆的鞋子，弄脏洁白的毛巾……

这时候外婆就会操起床头的鸡毛掸子，扑过去教训猫咪。老胳膊老腿的外婆，哪够得上这神出鬼没的猫咪，鸡毛掸子还未到手，猫咪却早已蹿上高耸的橱柜。站在橱顶的猫咪，用一双水汪汪的眼睛盯着外婆，那迷人的瞳孔，如两颗熟透的葡萄，在眼窝中缓缓转动，圆润透明，看上去就像用宝石打磨的珠子，在夜空中闪闪发亮。

看着站在高处的猫咪，它伸长脖子，摇头晃脑，外婆竟然没忍住，"扑哧"笑出声来，一转眼，所有的怒气都烟消云散。

母花猫的托付

十年前的一个冬夜，猫咪从后院找到了破碎的窗户，那圆形的破洞就像为猫咪预留的生命通道，让它轻松地钻进了人间烟火。嗅觉灵敏的猫咪擅长定点袭击，它偷吃了外婆灶台上喷香的酒糟鱼。吃饱喝足的

如有来生

猫咪像个醉汉，在温暖的灶台上呼呼大睡。

次日清早，起床做饭的外婆有些吃惊，发现灶台已是一片狼藉，烟囱旁一只大花猫肉体横陈，呼呼大睡。怒火中烧的外婆，一声大骂，操起棍子，准备教训这偷吃的野猫。此时还在宿醉中的猫咪因惊吓而醒，只见它摇摇晃晃地站起来，艰难地爬上了窗台，想从原路逃离出去。就在外婆即将动粗的时候，猫咪那个硕大的肚子刺痛了外婆的眼睛，她赶紧放下了手中的棍子，因为她看出这只怀孕的母猫已经临盆在即。

急于躲藏的母猫，在关键时刻不忘回眸一望，它看到外婆放下了手中的棍子，便立即停止了逃窜。多少年风餐露宿，这猫咪没有享受过人间温饱、享受过梦幻般的醉意。如今，这种飘飘欲仙的感觉充满了诱惑，怀孕的猫咪对于漂泊的滋味早已厌倦，它真的不想再浪迹天涯。

纷争虽然暂时平息，人猫已同居一屋，但是外婆对这只来路不明的野猫还是心存戒备。本来外婆是准备让母花猫饱食一顿，然后把它打发出去。可是还没等外婆采取驱逐行动，大肚浑圆的母花猫就迫不及待地产下了三只小猫，一白，一黑，一黄。三只小猫依偎在一起，就像绽开一团锦绣。

揽猫入怀

外婆望着这窝小猫，只能连大带小无条件地收留。可是母花猫没想到，好日子才刚开始，灾祸就在毫无征兆的情况下突然发生。

一只硕大的公猫，它借助现成的通道，闯进了外婆家，一口气咬死了两只小猫，最后一只也被它咬得满地打滚，奄奄一息。危急关头幸亏母花猫外出归来，它疯狂反扑，拼死迎敌，这才避免了满门灭绝的惨祸。

那个下午，虽然在外婆的后院发生了如此惨烈的猫类恶战，但耳背的外婆毫不知情，直至晚上她看到惨不忍睹的现场，本想拿起扫帚去收拾一下，可悲伤愤怒的母猫没让外婆插手。它叼走两只死去的小猫后，用一种托付亲人的眼神，把那只受伤的小猫交给了外婆，然后纵身一跃，消失在茫茫夜色中……

母花猫刚走的那段时间，腿脚不便的外婆一改多年不出门的习惯，像个走丢了孩子的母亲，蹒跚着老腿，拄着拐棍，挪步村口，甚至还搭乘三轮去过镇上。她逢人就去打听，见猫就会端详，可惜一个老人能够到达的地方十分有限，而可以容纳一只猫的地方又无限宽广。后来她只好托人帮忙寻找，但找了好长时间，始终没有音信。那只母花猫就像雨后的一团云朵、一阵白雾，被风吹散，无声无息地不见踪影。

如有来生

母花猫失踪后，外婆对受伤的小猫照顾得更加细致，经常托邻居到市场上买些小鱼，让小猫独自享用。每次只要外婆停下了手中的针线活儿，猫咪就会钻到外婆怀里，外婆的手掌在猫咪身上轻轻地游走，听它轻轻地打着呼噜。通体漆黑的猫咪像一团乌云，黑亮的皮毛丝绸一样光滑柔软，那颜色像炭笔画过，没有一点杂色。

外婆的"托孤"

猫在悄然长大的时候，人也在无声变老。辛丑春天，外婆重病的消息像一道闪电，突然而至。我们兄弟姐妹几个马不停蹄地赶了回来。

外婆最后的时刻很快就要来了，从她脸部的表情来看，感觉外婆还有什么未了的心事。就在我们大家一筹莫展的时候，突然听到床底下一声凄厉的猫叫声，那声猫叫就像一道电光，让我们在场的人心头发颤。

最先反应过来的人是小姨，她弯下腰身，把蜷缩于床底的猫咪抱了出来。看到猫咪的那一刻，大伙全都惊呆了，不知有多少天没有吃喝了，猫咪已经饿得骨瘦如柴。小姨抱着猫咪，扑通一声跪在外婆的床前，放声大哭。小姨告诉外婆："妈，对不起，这些天我们只担心您的病情，竟遗忘了猫咪，让它挨饿了！接下来，请您老人家尽管放心，我们一定会把猫咪抱回家去，把它照顾好……"

就在小姨和外孙女们伤心哭泣的时候，外婆缓缓地收紧了眉宇，闭上了嘴巴。等我们回过头去观察动静的时候，老人家已经安详而去。

望着长跪不起的小姨，望着她胸前紧抱的猫咪，我突然想起了"母性"与"托孤"这两个词语。这两个词语就像两支点亮的蜡烛，虽然光亮是那样微小，但在生命的旷野上却能持久地摇曳闪烁。

隔墙

张建春

允山吵了几次,要领导安排人把山墙上面封实了。领导笑眯眯地说:封啥,封啥,人家一个女孩子都不说,封啥,封啥。允山瞅了眼领导,领导还是笑眯眯的,允山感觉领导的笑不是好笑,笑里藏刀,皮笑肉不笑。这让允山忿忿的。

厂里困难,各种基础设施不配套,先生产后生活是那个时代的标配。

允山和新来的员工一样,住的是草顶平房。算是好的,一人一间,和允山做邻居的是女孩方雅萍,中间有隔墙却是不到顶的,屋子矮,墙就不高,跳起来撑把劲能翻过去。

方雅萍和允山是一起分配到厂子的,厂子的员工来自四面八方,允山和方雅萍也是来自不同地方的。

白天允山和方雅萍见过面,相互点点头,算是认识了,把行李搬进各自的房间,家就安了下来。当时不觉得,到了晚上,允山感到怪怪的,两间房子的灯光互相勾搭,从不封顶的墙上越过,白花花地打成了一片。

墙不隔音,何况还空上一截。允山看到空了一截的墙有些发呆。

一夜没睡好,允山少有地失眠。不失眠也就怪了,方雅萍的所有窸窣之声,允山听得一清二楚,甚至还闻到了一股难言的气味。允山很是不好意思,像是自己干了什么错事。不能不听,不能不想,允山一夜大张着眼。

早晨一上班,允山就去找领导,要领导安排人把墙封了,领导眯眯笑,一句话回绝了,不睬允山的"九点"。

做邻居抬头不见低头见,再见方雅萍,允山的脸就红得发烧,连头也不敢抬。方雅萍倒是大方得很,见了允山问长问短的,没事人样地自然。

允山有些怕晚上了,书难看进,更睡不着。方雅萍隔墙不安静,又是唱又是读书,时而还发出允山称之为"窸窣"声,气得允山拿拳头擂墙,才让方雅萍安静些。

如有来生

和方雅萍相邻的另一个是胡子，巧的是一堵墙封得死死的。住一幢房，不久允山和胡子就熟悉了，允山和胡子商量，问胡子能不能和方雅萍换个房。允山对胡子说了自己的苦衷，胡子当了故事听，沉默了许久还是拒绝了，理由是自己谈了女朋友，不方便。理由充分，允山说不出所以了。

允山不止一次地去找领导，还鼓动过方雅萍去找领导反映，但拳头打棉花，劲用不上，没结果。方雅萍压根儿没去找领导，还隔墙扔过一句话：没事，找事，好大事。

不知从何时，方雅萍爱隔墙扔过话来，问个东或西的，允山也就鸡一嘴鸭一嘴地回。

允山实在是害怕，害怕什么，允山也说不清楚，就是怕，怕光明消失时，在黑暗里发出的轻微而细密的声音，当然这声音是方雅萍发出的。

允山开始当夜游神，天一黑就外出游荡，非到夜深人静才回来。星子很好，月亮很好，虫鸣很好，夜空很好，很好的夜空让允山心安静。

让允山不能释怀的是不论多晚，允山回到了房间，开了灯，方雅萍才将自己房间的灯灭了，同时扔过来一声长长的叹息。

隔墙

一个个不眠的夜晚,"窸窣"声将允山闹得心神不宁。有一天晚上,允山突然有一种难以抑制的冲动,要越墙而过,去找回自己的睡眠。

真是要去找回自己的睡眠吗?允山突然知道自己怕什么了。允山慌忙地从床上爬起,兜头给自己浇了盆凉水,声音很大,"哗哗"的水吵醒了隔墙的灯光。方雅萍静得像只猫,无声无息。

允山又去作了次无效果吵闹。胡子知道了,跑过来安慰,看着半空的墙,开玩笑地说:得了便宜还卖乖,你呀!随后若有所思:天下的墙还不是虚设,铜墙铁壁,心墙才是真正的墙。允山听得翻白眼。

好在过了大半年,厂子效益好了,盖了新房子,草房子一律拆除了,允山分到了新房,和方雅萍仍是相邻,不同的是墙是红砖墙,严严实实的,隔光也隔音。

允山以为自此可以夜夜好觉了,但是没能如愿,还是睡不着,允山陡然发现,过去的许多声音是美妙的。

方雅萍走近允山,敲响允山的门,敲击隔着的墙,声音清晰或者细微,允山都听进了心里去。

是在秋天,允山和方雅萍隔着的墙打出了门洞,两边的灯光又糅合在了一起,顺畅的通道,让墙成为虚设。

如有来生

　　允山问过方雅萍,为什么爱上自己?方雅萍不遮不隐,说:你没翻过墙去。

　　允山不敢说:想过,想过的。

　　一堵墙是墙,又何止是墙哦。

失眠

张志明

失眠是从和那人离婚后开始的。

她怎么也不能理解,终于摆脱了他,走出了那个泥沼一样差点让她窒息死掉的婚姻,她该一下子轻松,一下子平静,一下子神清气爽了,该能好好睡觉的,为什么反而失眠了?还焦虑什么,胡思乱想什么?

反正就是失眠了。夜夜思绪如麻,一团糟,那恼人的思维如脱缰野马,无论如何也控制不住。用了各种方法,医疗的非医疗的,数羊数兔,深呼吸,各种安眠药,甚至玄而又玄的催眠、冥想都试了,统统对她无用。

失眠实在是太顽固,太强大了。

刚出婚姻苦海,又入失眠黑洞,本就憔悴的她,眼见得更加憔悴、消瘦了,整个人眼睁睁要垮掉的节奏。于是有家人朋友建议她出去散散心,最好找一个

如有来生

山广人稀的地方一个人好好待一段时间,深山里安静,空气好,负离子多,最是治愈的好地方。

也没有别的方法了,于是她真的进了深山,一个半开发的景区,游人少,自然环境还基本处于原始状态。

她找了一家民宿,位置也很偏,周围除了森林就是竹林,世外桃源一般。看样子房子是新建,却是仿古,居然还有房梁。一间间客房之间,房梁以下隔开,房梁以上竟然互通。可想而知,隔音如何。吃了晚饭回到房间,生性多愁善感、敏感腼腆的她还想,晚上再睡不着,一举一动可得轻点,免得隔墙被两边的人听到。

晚上十点,她还没睡,倚在窗前听房后的竹林沙沙。忽然南边隔壁的门响,进了人。窸窸窣窣一阵辨不清内容的声响后,接着一声打火机响,马上,一股烟味便从房梁上飘了过来。她还想,民宿这一点不够周到,什么年代了,光想着仿古,也不能让客人吸二手烟呀。

这么想着,隔壁就无声了。大概三五分钟后,一阵呼噜声步烟味的后尘也飞了过来。

那呼噜声真是悠扬又中气十足,虽然看不见它的

失眠

主人是谁，从那怡然自得、安枕无忧的呼噜声可以想见，这个男人睡得多么享受！

她和那人刚结婚时也不适应他的呼噜，曾经整夜整夜睡不好。虽然也抱怨、责怪，甚至有过稍稍的崩溃，但那时毕竟还在初婚的甜蜜里，爱情的浓度稀释了对他的不满。后来时间长了她适应了他山一样的呼噜声，每天笼罩在他不屈不挠的呼噜里，她睡得很正常，很安稳。即使在两人关系最恶劣时，他的呼噜声也没有影响过她睡眠。

听着隔墙而来的呼噜声，住进深山的第一晚，她居然不知不觉就睡着了，而且一夜到天亮，安然而酣然。

睡得好，自然就起得早。第二天早上，在深山如梦如纱的大雾里，睡得香甜的她溜溜达达去了民宿的餐厅，想看看环境如何，干不干净，有什么好吃的，却在后厨的窗外看到了正忙碌的那人。

惊讶得倒抽了一口深山冷气的她转身就退。民宿的住宿费是包括早饭的，但她放弃不吃，毫不犹豫毫不耽误地下了山。她想，我宁肯睡不着，也不在你身边多待一分钟。

那人和她离婚后就气鼓鼓离开了家乡，要远走高

如有来生

飞的样子，原来是飞到了这深山里。

当天她就离开了这座山，寻寻觅觅，走走停停，又去了好几个地方。但是，失眠重新缠上了她，直到一个月后她精疲力尽回到了家。

当然还是睡不着，当然继续寻找各种对付失眠的良方。

突然有一天，闺蜜说，你当时应该录下那人的呼噜声，将他的呼噜保存到手机里，说不定也能睡好。虽然离了，听听他的电子呼噜不犯法吧。她一听就很抵触，那也太好笑太魔幻了，那算什么？跟一个人离了婚，还要夜夜听着他的呼噜声来睡觉，传出去还不成天大笑话。

没想到过了几天，闺蜜真给她发来一段录音，说是老公和一个打呼噜很著名的同事出差，两人住的高档酒店，老公偷偷录下了那个人的呼噜声，请她笑纳，试试管用不管用。她马上回了闺蜜一句，干吗注明高档酒店，是想说那呼噜也很高档吗？后面跟了一个白眼。

尽管觉得这样太可笑甚至太恶心，但她实在没有别的招了，要被失眠折磨疯掉的她终于妥协。

晚上一试，果然管用。

前两晚很快顺利入睡，因为实在太困太乏了。第

失眠

三晚她估计是缓过一点劲儿了，没睡得那么快，就在呼噜开始不久的一个间歇里听到一声咳嗽。立刻，她就断定，是那人，是他独一无二的呼噜声。

是的，闺蜜的老公和那人也熟。

知道真相的她呼一下把手机扔到了床的另一头——不听，坚决不听。睡不着也不听！

自然，离了那呼噜声，她还是睡不着。自然，又是一个不眠之夜。

就这样执拗了三天，她自己终于败下阵来。心想何必呢，不就是一段电子信号吗，听听怎么了？那么较真干吗，与身体健康相比，孰轻孰重，作为一个成年人，掂量不清吗？

于是，有那人呼噜声陪伴，她重新战胜失眠。

一星期后，闺蜜问她效果如何，她装得一无所知，还跟闺蜜玩笑说，呼噜的主人是谁，要不要请人家吃一顿。

闺蜜在电话里笑道，这种剧，还是无名英雄更好看。再说老公是偷录，主角不知情。人家知道了，说不定讹我们侵权。

她便也顺水推舟，这样呀，那改天请你们两口子吃饭！

两平方米麦苗

张中杰

北方的冬天来得又早又猛又冷。丈夫病故，刚过"五七"，田婶抱门抽抽噎噎地哭泣，来接田婶入城的儿子不知所措。直到儿媳灵机一动，小声嘟囔说租来的车一天五百，她才止了哭，拎着包袱跟着儿子上了车。

老家老屋隔壁住着鳏夫壮叔，瓜田李下，儿子担心村子里人嚼舌头根子。

田婶住进儿子家第一天，就把儿子雇的保姆赶跑了。

田婶刚开始饭菜做得也可以，蒸馒头、手擀面，透着农家的香甜，让久居城市的儿子儿媳小两口吃得津津有味。可不到半月，粥常熬煳，菜非咸即淡，让儿子媳妇直皱眉头。

城里房子像鸽子笼，邻居们也不常往来，哪像在乡下大宽大地，来个亲戚赶上自家没人，邻居都把客人给招待了。田婶心里有点儿莫名的失落。

两平方米麦苗

城里不知季节变换。这里的花草树木让她陌生，与老家的槐树皂角树仿佛不在同一个世界。她突然想种麦子了。

从小长大，那足足十亩的麦田，带给她多少快乐。弯腰割麦，装车拉麦，上场碾麦，晒麦扬麦，装袋入仓，满满当当的都是勒入骨髓的记忆。

儿子买了大冰箱。要扔掉长方形的白塑料泡沫包装，两个多平方米的塑料泡沫让田婶眼前一亮，一把紧搂怀里，生怕别人抢走似的。

田婶从外面广场边的花池里背来两袋土，用手把小土疙瘩捏碎，用浇花壶淋上水，算是整好了麦田。

儿子善解人意，从超市买回了麦种。田婶一见笑了，这分明是去了皮的麦仁，熬粥喝的，哪是麦种呀。

她自己一声不吭，悄悄坐公交回家了。"你看东院你壮叔家的麦种多欢实呀！"田婶捧着溜圆的黄麦种，像是对儿子说，也像是自言自语一个人乐呵。撒上麦种，喷上水，望着两平方米的麦地偷偷乐。

忙完一日三餐，田婶的世界只属于阳台上的两平方米麦子。麦苗从冒头到露尖再到青乎乎地疯长，抽穗。冬去春来。五月，即将满仁的麦穗溢满清香。她

如有来生

全身每个毛孔都透着熨帖和舒畅，连走路都轻快地哼着歌。

周六早上，田婶贪觉晚起了会儿。见媳妇在厨房捣鼓，里边传出麦仁的醇香。她急步跑向阳台，青黄的麦秆上齐刷刷地空着。毕竟媳妇不是自己亲生的，她没吱声，心里堵得慌，一口饭也没吃，关上门哭了。

壮叔从乡下又捎来麦种。田婶仍然在阳台种麦子。眼见又抽穗了，她这回看得更紧了。一天，她去超市买菜回来。多日不来的女儿来看她，见阳台上的麦苗，意外惊喜。用剪刀剪了麦头，用清水冲洗了放豆浆机里磨了青麦汁，说是去脂减肥好东西呢。

田婶越发郁闷了。儿媳妇不是咱亲生的，女儿可是贴心小棉袄呢，不问青红皂白，这还是麦苗子呢！不给老娘打个招呼，说割就割了。女儿见犯了弥天大错，生怕落了不孝顺的名声，低眉顺眼一个劲儿讨好她。

第三年，麦子快熟时，田婶把阳台门加了把锁。眼见肥嘟嘟的麦穗沉甸甸地几乎倒伏，田婶心想这回可是个丰收年，心中又一次溢满甜蜜。

可是儿子儿媳出去旅游，她去闺女家小住。阳台窗户忘关了，回家时麦子七零八落，倒伏一片，许多成了空壳儿。

一只正在贪婪啄食的小麻雀被她堵住。田婶喂养，麻雀不吃不喝，望着窗外；另一只麻雀飞进来，像要救同伙儿出去。

喂它们没两天都打蔫儿，田婶只好开窗把雀儿放飞。

田婶做好一桌子好饭，告诉放学归来的外孙，她回乡下还壮叔三回种子钱了。

春节，儿女回老家看，遇到铁将军把门。东院隔着院墙传来一阵爽朗的笑，母亲独有的笑声，在阳光下久久回荡。

画蟋蟀

周东明

画匠在松州城很出名，画匠喜欢画蟋蟀，他画的蟋蟀像真蟋蟀一样，活灵活现。

这一天，是农历七月二十三，天已入秋。画匠来到松州城头道街北市场东北角那个斗蟋蟀的大棚，看斗蟋蟀。

画匠还没走到棚子跟前，就看见富七爷手里举着个青白色的陶罐，高声喊道："我的八将军天下无敌！"富七爷喊完，哈哈大笑。

画匠知道，富七爷所说的八将军是一只蟋蟀。不用说，富七爷的八将军今天斗蟋蟀时，得了头彩。富七爷是松州城里的大户，据说富七爷手里捧的那个陶罐，是前清官窑出的玩意儿，买的时候，花掉几百块大洋，富七爷陶罐里的八将军值多少钱，就可想而知了。

画匠走到近前，往富七爷的陶罐里一看，八将军头大腿长，头顶上那根斗丝，长且直，在蟋蟀里俗称"金麻头"，此类蟋蟀好斗，骁勇善战，是蟋蟀中的上品。

这时，富七爷又举起陶罐，大声叫道："还有谁不服气，也来试试啊？"

画匠看看周围，没人吭声。眼瞅着就要散场了，画匠笑笑，说："真没人来？好，我来。"

富七爷看看画匠空空的双手，疑惑地问："你也斗蟋蟀？"

"是。"

"你的蟋蟀呢？"

"在这儿呢。"

画匠说着从怀里掏出一张纸，托在手掌之中。

人们围拢一看，是一只画的蟋蟀，周围的人见了都哈哈大笑。

笑过之后，再看，画匠画的这只蟋蟀，看上去个头不大，但是头顶两眼似墨，又黑又亮，眼角呈方形，两侧利齿，上长下短，内行人一看，知道这也是蟋蟀中的上品，俗称"铁铡刀"。

富七爷一看，画匠手里托着个画的蟋蟀，嘿嘿一笑，说："你别逗了，画的假蟋蟀，也能和我的八将军斗？好似我欺负你了。"

如有来生

"七爷,您别说真假,咱们以输赢来定,好吗?"

"好。"富七爷把陶罐放在台上,画匠将画的蟋蟀放入陶罐里。

富七爷用马尾丝拨动一下八将军的触须,就见八将军,两只后腿一拱,两根触须一抖,振翅长鸣。

斗蟋蟀有规则,如果一方蟋蟀振翅长鸣,对方不应,便是输了半局。你想想,画匠画的蟋蟀哪里会振翅长鸣,八将军第二次振翅长鸣后,围观的人都睁大两眼,紧盯画匠画的蟋蟀。

富七爷的八将军再长鸣一次,画匠画的蟋蟀就要输定了。

富七爷瞅着八将军,笑得很开心,笑得很轻狂。

这时,再看八将军,铆足了劲儿,立须抵头,冲向铁铡刀,真假蟋蟀格斗即将开始。围观的人屏住呼吸,鸦雀无声。但是当八将军冲到铁铡刀跟前时,看见铁铡刀纹丝不动,那上长下短的利齿铡刀一般,八将军跃跃欲试几次,冲到铁铡刀跟前,都退了回来,最后回头一跃,跳上了罐沿儿,仓皇逃之。

立时,全场哗然。

松州城人这回信了,画匠画蟋蟀,画得和真蟋蟀一样。

画匠不但画画出名，画匠抠门儿也很出名。

画匠家淘米做饭，都要用酒盅量米，每人不过三盅米。画匠说："吃饭不过八分饱，体轻神逸，长寿。"

他老婆说他抠门儿，他说："吃不穷喝不穷，算计不到就受穷。"

画匠卖画也抠门儿，别人卖画是按尺论价卖，画匠卖画是按画蟋蟀的只数论价，而且从不讲价还价。

一进他家的屋，就看见墙面上挂着几个大字：减价者，亏人利己，余不乐见。

画匠有个远亲妻侄，来找他买画，临期末晚，赖着不走，以为是画匠的妻侄，非要画匠再多画一只蟋蟀，画匠不肯。画匠妻子搭腔了："看在亲戚面上，多画一只吧。"

画匠歪头侧脸地瞅了半天，不好驳妻子的面子，只好濡笔蘸墨，几笔就画出一只蟋蟀。

可是妻侄一看，那只蟋蟀卷须闭眼，伸腿奁翅，死了一样，是多画了一只蟋蟀，可是画面不美了。于是就问："姑父，这怎么是个死蟋蟀？"

画匠耸耸肩，说："秋天蟋蟀价钱贵，活蟋蟀得多少钱，好贵了。"

这件事传扬出去后，人们再去画匠家买画时，就

如有来生

都不会再自讨没趣了。

一天,一个穿长衫、戴眼镜的人,来找画匠买画。

来人问:"卖画怎么论价?"

"画一只蟋蟀八块大洋。"画匠说。

"哦,有已经画好的吗?"来人问。

"有。"画匠说。

"可以选一幅吗?"

"可以。"画匠说着拿出一卷画稿,交给了来人。

来人在画稿中看了一会儿,眼睛盯住其中一幅,画中,一只蟋蟀趴在罐沿儿,只露出上半身,低头卷须,两眼无光,落荒而逃的样子。

来人端详一会儿,问:"这幅画多少钱?"

"四块大洋。"画匠说。

"哦!四块大洋是不是少了点?"

"不少,一只蟋蟀八块大洋,这是半只蟋蟀,当然是四块大洋。"

来人看看画面,随后,从衣袋里掏出十六块大洋递给画匠。

画匠先是一愣,而后一笑,把来人的手推了回去,说:"画半只蟋蟀就四块大洋,多一文不收。"

来人走后,画匠老婆问他:"人家多给你钱,为啥不要？"

"我给人家画了半只蟋蟀，怎么能多收钱呢？这是规矩。"

"他为啥又要给你十六块大洋啊？"画匠老婆又问。

画匠没有理会老婆问话，自言自语地说："我的画遇上行家啦。"

过了若干年，在一次画展上，画匠当年画的那幅半只蟋蟀画被展出了，题款却是《两只蟋蟀》。

画展结束时，这幅《两只蟋蟀》被拍卖了八百万元。